作家出版社建社70周年珍本文库

策划 / 鲍　坚　张亚丽
终审 / 颜　慧　王　松　胡　军　方　文
监印 / 扈文建
统筹 / 姬小琴

出版说明

1953年，作家出版社在祖国蒸蒸日上的新气象中成立，至今谱写了70年华彩乐章。时代风起云涌间，中国文学名家力作迭出，流派异彩纷呈，取得的成绩令世人瞩目。作为中国出版事业的中坚力量，作家出版社在经典文学出版、作家队伍建设、文学风气引领等方面成就卓著，用一部部厚重扎实的作品，夯实了新中国文学的根基。为庆祝作家出版社成立70周年，向老一代经典作家致敬，向伟大的文学时代致敬，我们启动"作家出版社建社70周年珍本文库"文学工程，选取部分建社初期作家出版社首次出版的作品重装出版，彰显中国风格、中国气派和文学价值观上的人民立场，共同见证新中国文学事业的勃发和生机。相信这套文库的文学价值和社会意义，将随着时间的推移而日益显示出来。需要说明的是，由于一些原因，未能尽数收录建社初期所有重要作品，我们心存遗憾。衷心感谢中国作家协会、各位作家及作家亲属给予本文库的大力支持。

作家出版社

内容简介：

散文集《在更高的路程上》，收录了作家在1946—1956这十年写作的散文，共26篇。内容分三个部分，第一部分是对伟大时代和美好生活的讴歌，第二部分是对社会生活的观察，第三部分主要记录了赴苏联考察时的见闻和感受。用作家的话说，"切实记取人民的要求"，"更多地描绘那决不容许我们埋没的生活中无穷无尽的火花"。

康濯
(1920—1991)

原名毛季常。湖南湘阴人。1938年赴延安,在鲁迅艺术学院文学系学习。毕业后任鲁艺文学研究室研究员和路社负责人、华北联合大学文艺工作团文学组长、晋察冀边区文艺界抗敌协会理事等职。抗战胜利后任《工人报》《时代青年》主编。1950年任中国作协文学研究所副所长。1954年后先后任《文艺报》常务编委,中国作协书记处书记、党组成员,河北省文联副主席,湖南省文联副主席、主席等职。

作家出版社 首版封面

《在更高的路程上》

康濯 著
作家出版社1956年10月

在更高的路程上

康濯 著

作家出版社

图书在版编目（CIP）数据

在更高的路程上 / 康濯著. -- 北京：作家出版社，2023.10
（作家出版社建社 70 周年珍本文库）
ISBN 978-7-5212-2473-3

Ⅰ.①在… Ⅱ.①康… Ⅲ.①散文集—中国—当代 Ⅳ.①I267

中国国家版本馆 CIP 数据核字（2023）第 162437 号

在更高的路程上

策　　划：鲍　坚　张亚丽
统　　筹：姬小琴
作　　者：康　濯
责任编辑：杨兵兵
装帧设计：棱角视觉
出版发行：作家出版社有限公司
社　　址：北京农展馆南里 10 号　　邮　编：100125
电话传真：86-10-65067186（发行中心及邮购部）
　　　　　86-10-65004079（总编室）
E-mail:zuojia @ zuojia.net.cn
http://www.zuojiachubanshe.com
印　　刷：北京盛通印刷股份有限公司
成品尺寸：142×210
字　　数：110 千
印　　张：6.25
版　　次：2023 年 10 月第 1 版
印　　次：2023 年 10 月第 1 次印刷
ISBN 978-7-5212-2473-3
定　　价：60.00 元

作家版图书，版权所有，侵权必究。
作家版图书，印装错误可随时退换。

目录

创造太阳的人 / 001

我们明天的日子 / 009

将要繁荣的预告 / 017

春天的喜悦 / 026

在更高的路程上 / 034

幸福的鲜花满地开 / 046

在收获的日子里 / 056

春节寄志愿军 / 064

掀动历史的日子 / 070

十月——日出的节日 / 072

最大的拥护和最高的责任 / 077

向母亲们致敬 / 080

我看麦克阿瑟 / 088

知识青年的光荣 / 094

从墙头草说起 / 097

和平边缘上的零感 / 101

算账 / 108

从北京到莫斯科 / 115

最珍贵的友谊 / 119

感谢我们最敬爱的友人 / 123

记卡达耶夫 / 130

深含着意义的谈话 / 149

英雄城里会英雄 / 157

永远年轻的力量 / 169

莫斯科大学的新校舍 / 181

我看见了苏联的红领巾 / 185

写在后面的话 / 193

创造太阳的人

整整两年以前,我在河北省定县一个名叫郝白土的村子住过一些日子。那时候,整个河北省或者整个定县,都老早就是农业合作化的先进地区;但是,郝白土一带却几乎还是合作化的禁地。郝白土所属的那一个乡,一共七个村子,当时仅仅在郝白土村有一个十三户的农业生产合作社,而那个社也正在风雨飘摇——年景不好,收入不多;社里没有好会计,账目算不清,就连那点不多的收入当时都无法分配下去。

"莫非这刚闹了一点社会主义,就又要往回退么?"

这是在我刚刚接触那个小社的时候,社员们向我提出的第一个问题。现在,两年过去了。不久以前,当我又去到郝白土的时候,社员们向我提出的第一个问题是这样:

"你看，咱们不能干脆办成个高级社么？"

这个问题主要是过去十三户小社时代的一个老社员郝洛艾向我提出的。这个人在两年以前，曾经从他那蒙着一层灰雾的眼里露出点儿呆滞的目光，跟我商量着他是不是可以退社；如今，他的眼里射出闪闪的光亮，脸上也冒着扑扑的热气，硬要拉我去他家看看他那"上天梯，进天堂"的光景！他还说，他这个五十多年的贫农，从来没有幻想过冬天能生上煤火，现在可是生了两年煤火了，今年合作社的大车更是早早就挨门挨户地给社员们送去了好煤……我听着他的话，忽然感到他的家里现在就是不生煤火，也会是暖和和的……

这就是两年前后的郝白土。两种情景，两个第一次碰到的完全不同的问题。当然，两年的时间，这种变化一点也不奇怪。但是问题不在这里。问题在于这是什么样的两年变化过程。

两年以前，那个从一九五三年春天创办的十三户小社虽然一度风雨飘摇，可是他们有十户贫农死也要坚持合作化。同时，党的区委书记和村支部书记也发觉到他们自己几乎就根本没有管过那个社，这才很快进入了那个社的生活，向社员们作了检讨，支部书记郝庆山并且带着另外三户加入了那个社，大家选郝庆山当了社长。郝庆山是过去战争年代中曾闻名全国的战斗英雄，他以过去炮火中锻炼出来的英勇和机智领导着合作社，到去年春天发展到三十四户——仍然是贫农多，土地少；按照国家收购余粮的规定，他们没有卖粮的任务，但是去年秋后，他们户户有余粮，社里两年来还不断购买骡马和大车，在信用合作社里并有一千多元的存款。他们又带动全村在一九五四年冬天办起了共有五十来户社员的四个小社。不过，尽管如此，直到去年秋收以前，这个一百五十户的村子，却还有二十多户坚决要求入社的农民被挡在社会主义的门外；新办的四个小社，虽然没有遭到什么干扰，却也没有经过县区领导上的正式批准，不知道在领导者的眼里算不算数，当然更不会得到领导上的帮助；就是郝庆山他们的老社，社员们在一九五四年冬天提出来要降低土地分配的比例，几个地多的户也觉着劳力分配的比例太小，可是区里竟没有批准他们的要求，而且警告他们不要急躁冒进……

这一段过程是郝庆山告诉我的。当时我正同他和另一个名叫郝洛厚的干部，在村庄北面油绿的麦浪和银白的沙地中间行走。冬天的温带的太阳光，在并不刺骨的冷风中照射得我们精神焕发。他们两个人也已经兴致勃勃地指点着面前的土地，向我谈了许多他们的增产计划——比如如何根除沙地上一种最顽强的野草，如何租用国家的拖拉机把沙土下面千年沉睡的好土翻上来；如何引水浇地，如何用煤炭代替柴火而把历来当柴火烧的庄稼秸秆和野草留下积肥……可是,当我们的谈话不知怎么转到了上面那一段两年来合作社发展过程的时候,郝庆山和郝洛厚却好像都从温暖的阳光下面走进了刺骨的冷风当中,他们简直是感慨得全身都要发抖。

"要不是那些'急躁冒进'的警告,"郝洛厚说,"咱们刚才说的增产计划,怕早就已经实现了呢!"

"你这估计太低!"

郝庆山赶忙插话。他说刚才的计划还只是他们几个干部想的,如若是让社员们共同讨论如何增产,那不定还会有多少高强的办法呢!接着又说,毛主席批评的那个保守主义,在他们那里虽不是十分严重,可也至少把他们村的合作化推迟了一年;如果他自己和村里党员们的觉悟更高一些,他们村难道不能在二年以前就全部合作化么?

我们真要沉浸在惋惜的心情之中。不过,因为谈话间提起了毛主席,不觉都忘记了别的一切,把话头转到了毛主席《关于农业合作化问题》的报告和党中央的决议。郝洛厚急忙告诉我:是在去年快要秋收的时候,他们党员们刚刚听说毛主席作了报告,村里的农民可早就嚷叫开啦,有几户被关在社外的贫农并且跑到党员的跟前质问着:"你是不是小脚婆娘啊?啊?"乡村没有电台,农民的消息却比电台还快。秋收一过,村里就像刮过一阵暴风,五个小社合并了,另外四十多户也一卷就卷了进来。在向全村宣布办大社的会上，郝庆山讲话的时候正打算谈谈合作社的优越性和动员入社，不想却被人们打断了；有几个被关在社外的贫农跳起来嚷道："合作化，优越性，咱们知道得一点不比你们老干部老社员差！还是让咱们说说咱们心里憋了几年的话吧！"就这样，这一个大会和大会以后新的大社的许多安排，不仅是一帆风顺，而且竟是几户刚刚入社的贫农起了最大的作用。

自然，我这里说的一帆风顺，并不意味着没有一点起伏的浪头。我在后来参加的一次社员大会上，就见到他们还面临着许多纠缠不清的大小问题。会上甚至还有几个过去同在一个小社的社员，嚷叫着大社在牲口评价的时候偏偏把他们过去那个社的两头牲口评低了，而紧跟着就有人激烈反对这种意见；于是，一场争吵霎时间就统治了整个会场……

"不要吵，静一静！我说两句，行么？"有一条大汉跳了起来，压过了争吵，说着，"牲口评价，原则是公平合理，对么？可是，如今咱们的最高原则是团结，团结一致办好大社，谁也不能闹本位主义！对么？评价高了低了，不能商量商量解决？这点子事，值当吵哩！对么？"

大汉的话得到了全体的拥护。我却暗地里大吃一惊。这个大汉名叫郝洛增，上中农，村里有名的里一套外一套——外面尽说漂亮话，心里尽盘算自私自利。两年以前，他曾把合作社的好处向我数说了一个钟头，后来却说："如今政策是稳步前进。我打算干二年临时互助组，再干四五年常年互助组，最后再入社——这样就不会冒进啦！同志，对么？"可是，现在他竟也不"稳步"了！我马上问了问身旁的郝洛厚，哈，原来在毛主席的报告发表以前，他是村里上中农的领头人——领着大家不入社；毛主席的报告规定了决不允许强迫上中农入社，他又依然是村里上中农的代表——死也不肯留在社外。而现在，他提出来的最高原则，原是听了会场上几个党员小声的议论而抢着说的。抢就抢吧！那正是大家要说的话，谁还会计较什么！

　　会场上的问题，就都在一个个正确原则的指导下解决过去。人们开始了一次最重要的讨论——根据毛泽东同志的指示，规划增加生产的问题。这时候，我看见一个年轻的姑娘从旁边的小屋——合作社会计办公室里跳过来，给大家宣布村里生产情况的各种基本数目字。这个姑娘不是两年前从高小毕业以后，因为没考上中学，就整天闹情绪，生怕自己的青春在农村白白荒废，生怕国家进入社会主义以后自己就老了、没前途了的那个李小凤么？她是怎样变化了的呢？她如今是合作社的总会计，肩上披一件栽绒大氅，气派宛如一个社会主义的建筑师。她还在会议的最后，同村里青年团的干部一道，提出了一项青年们的规划——青年突击队的组织和工作，哪几个青年准备担任村里扫除文盲的教员，哪几个准备学开拖拉机，哪几个学习掌握农业技术、广播站、电话和会计。青年们还要求马上把他们的合作社转成完全社会主义性质的高级社，也就是转成苏联那样的集体农庄……

青年们最后的那个要求，早就是大家说过不止一遍的话。大家已经从郝庆山的老社看到了劳动的威力，看到了取消土地分红只会使他们的劳动创造出更加美好的日子；人们甚至对几户劳力弱的社员在取消土地分红以后的生活道路也提出了许多合理的安排。于是，办高级社的浪头，马上就不容任何干预地在郝白土村翻滚起来了。

不过，就在这个浪头翻滚的第三天，村里的风云突然又起了猛烈的变化。有人对光一个村办高级社还很不满足，而要求把全乡的七个村联合起来办一个更大的高级社，同时这个提议立刻也从附近几个村子传了过来；理由是这一个乡有三个大村子土地多而劳力少，郝白土和另外几个小村子是土地少而劳力有余，联合起来将能更好地发展生产。这就又使人们像飓风一样飞上了更高的一步。

可惜我很快就离开了郝白土，我没有亲眼看到那个高级社正式创办起来。但是，我不能丝毫怀疑那个高级社的肯定前途。那里的共产党员和全体农民的气魄真是排山倒海，同时也深谋远虑而决不骄傲。他们不仅在生产上和日常生活上都作了长期规划，不仅把村里近年来没有破获的一个反革命嫌疑案件和一个偷盗案件紧迫地列入了工作日程，甚至还规划到了社会风习的改变。他们是伟大的中国人，他们又有什么事情不能够亲手完成呢？

我想起在一个平常的夜晚，我和一些社员闲坐聊天的时候，郝洛艾讲的一个故事。他说我国古代有一个大力士，肩膀上担着两座大山，天天追赶那光明的太阳；他走得比天上的风神还快，结果却是怎么也赶不上。他接着说，现在咱们农民肩膀上的任务比两座山要重得多，咱们在共产党的领导下却比古代的大力士走得还要快过万万倍，咱们一定要赶上那个光明的太阳。

"对呀！"故事讲完以后，郝庆山紧接着说，"可咱们不是在赶太阳，是在亲手创造太阳——创造社会主义。"

是的，我们中国正在沸腾的生活里创造自己社会主义的太阳。我国五亿农民无愧于创造太阳的生力军之一。

为苏联《真理报》作。1956年1月24日夜于北京。

我们明天的日子

——看苏联经济及文化建设成就展览

一座全新的建筑敞开着胸怀。建筑门前的广场中央,喷泉的水花在阳光下织成了焰火。在通往北京西郊颐和园和西山的公路上,汽车像滚滚的波涛涌向这座建筑;不尽的人群跳下车子,迎着广场上的"焰火",投入建筑的胸怀里。眼前正是秋天。这里没有颐和园的秋色,也拾不到西山的红叶;这里充满着春意,闪耀着自己独特引人的光辉。

这座建筑——苏联展览馆,以自己临空远照的红星作为标志。伟大苏联和所有加盟共和国的国徽拱卫着红星。红星下四个朝气勃勃的苏联男女的雕像,亲切地把人群引到展览会的进口。橙黄的彩壁和高阔的大门,使我们的眼睛突然一亮。每一个人都好像看见了祖国明天的日子。每一个人都会带着自己全部生活的回忆，带着多年的幻想和刚刚离开的建设岗位的要求，赶紧迈进明天的大门，通过中央大厅，走向工业馆……晤，什么是社会主义的工业化？这就是，这就是！——人们的胸头激动，止不住地马上要说出这句话来。

记得去年春天，我曾在鹤岗煤矿的坑洞里，和工人们一道蹲在墨玉似的煤块上，听他们笑声朗朗地谈起过苏联的新式采煤机带来的幸福。将近三年以前，我还在莫斯科和斯大林格勒的工厂里，看到过汽车和钢条的制作过程。现在，工业馆里给我们全面展开了社会主义工业的力量。我们通过展品和图表，看见了碧蓝的里海和巴库的石油，看见了作为工业脊梁的一百多种钢材和钢板；通过精巧美妙的模型，看见了第聂伯尔水力发电站，看见了世上稀有的十万千瓦氢冷式汽轮发电机。在大厅两侧的陈列馆里，看见工业的力量突进到海洋、高空和北极；从东面和西面的广场上，看到掘土机和自动传送带，看到自动装卸二十五吨的巨首雄腰的载重汽车。不知道是我们哪一个工厂的工人，围着工业馆内能同时进行四道工序的四轴自动旋床，他们的眼珠简直钻进了旋床里每一个细微的缝隙。另外的人们一动不动地看着那最新式的光学曲线磨床和自动织机，看着另外几十部各有着自己独特的体形和风格的机器。机器不能说话，于是，苏联工人离开他们自己工作的车间，来到这里，站在展品台前转动着机器，回答人们的一切问题；并且把着手儿，把操作技术教给中国工人。当人们离开这些苏联朋友的时候，都要深情地说一声："谢谢！"朋友们也马上说着刚刚学会的中国话："谢谢！"并从眼窝的最深处露出笑来……

看到朋友的笑脸和机器的力量，我们兴奋地抬起了头。啊！我们看见了正面的墙根，列宁、斯大林的塑像雄伟地站立着，伸出来的手臂盖过一切机器，在向我们招呼，也在指示着我们明天的日子……我们知道，这里的一切都是马克思列宁主义的产品；而这所有机器的诞生是为了什么？请看塑像旁边的墙头上的说明吧："苏联社会主义生产发展的目的是保证最大限度地满足整个社会经常增长的物质和文化的需要。"

这是无限庄严的话句，这是为了明天的话句。我牢记着这一句话，跟着人群，在广阔的展览会里呼吸着饱满的生活气息，欣赏着自己的现实的明天。我不能不和每一个人一样，在东面大厅的文化生活馆里久久地停留。这难道仅仅是展览会里的文化生活馆么？这是一个普通苏联人的家庭，有工作室、卧室、饭厅和休息室四个美丽、舒适的房间。也许这就是工业馆的展览台前哪一个担任解说员的苏联工人的住宅？是的，我曾经在莫斯科和斯大林格勒拜访过的工人家庭，就跟这里的情景一样，当然，这到底还是一个展览馆，是一个并没有全部陈设起来的家庭。但是，任何人都可以就近走到那直立着木头雕花圆柱的手工艺品馆里，挑选你喜爱的刺绣台布和印花窗帘，挑选水晶花瓶和闪光的漆盒，以及彩色的地毯和化妆品；然后，你可以随心设计，把这些房间更漂亮地布置起来。你并且也可以从就近的陈列馆里挑选收音机和电视机，音乐爱好者当然也可以找到你需要的各种乐器。至于装饰墙头的画幅，在对面的美术馆里给你安排了二三百件世界第一流的作品。你自然会喜欢《伟大的友谊》，也许你还会喜欢《我们走向生活》当中那一群朝霞似的姑娘。或者，你是希望把《一年级女生》的雕像摆在床头？还是想把哪一个历史的画面，把哪一个工农业劳动英雄或科学家、艺术家的肖像挂在窗台边上？这里有如莫斯科的特列奇雅可夫美术馆；这里每一件可供家庭陈设的作品，谁都知道绝不仅仅只是简单的装饰，而主要是反映着伟大苏联的光荣历史，反映着苏联人民丰富多彩的今天和明天……

也许我设想得有些天真。事实上，哪一个家庭怕都远不能从展览会的各个馆里，去挑选那数不尽看不完的许多物质和文化的宝物。然而，除了上面那些，莫非还会有哪一个家庭能够忘记走上工业馆的二楼，去欣赏和选择那春夏秋冬的服装和儿童玩具？莫非更会有哪一个家庭能够忘记那美术馆和文化生活馆中间的出版物和职业教育馆与高等教育馆，能够不跟那里培养未来人物的课本、仪器和莫斯科大学的模型有着密切的关联？还有那马克思、恩格斯、列宁、斯大林的代表着人类最高智慧的著作，以及罗蒙诺索夫和巴甫洛夫的作品，托尔斯泰和高尔基的诗篇，这些都是汲取不尽的智慧的源泉，是每一个普通的苏联家庭一时都不可缺少的精神养料；自然也都是丰富我们今天和明天的生活的养料……

"我们苏联人都愿意把我们最好的一切送给伟大的中国人民！"这是斯大林格勒红十月冶金工厂一个名叫特洛希尼的压延工人，在一九五一年冬天对我说过的话。现在，在这个展览馆里，的确是应有尽有，有着苏联人民给我们送来的一切最好的东西。

这些珠玉般的东西，使我们的心地更加纯真，使我们向上的要求更加强烈。当我们走进西侧大厅的农业馆，我们每个人都会激动得紧张起来。这是什么？是不是神话中的麦粒？是不是梦里才能看见的棉花？图片上那乳房累累的母猪不能不叫人大吃一惊，马铃薯更像是放在放大镜下边的情景。而这些产品不仅以它的外貌显赫于人，通过实际的考察和彩色图表的说明，你完全可以感受到苏维埃土地上丰饶的、品质高超的收获。你更可以从馆外广场上那保证丰收的许多农业机器，完全相信苏维埃土地的收获还要永无止境地提高。你看，那满身红色的自动谷物联合收割机是个多大的家伙！每天能收割三百多亩谷物，比人力大到不可计算！而在各种耕作、播种、移苗和杀虫的机器中间，为我们的农民日夜盼望的拖拉机，就有着用途各不相同的八部……

我曾经在河北和山西的偏僻山区生活过许多时间。就在去年和今年，我还碰见过那一带的纯朴的农民向我发问："咱们这山地将来能不能使机器种地？"我回答道："当然能。"但我的答案也是听来的，并没有实地找到过证据。如今，在广场上农业机器的队伍里面，一部马拉翻转犁不声不响地解决了这个问题。这种犁简直是一个对山地的农民体贴入微的可爱的家伙，不仅可以在坡地上来回翻耕，而且可以在小块的田地上工作，并把翻土、刮草渣和打碎土块等多种劳动一次就全给包揽起来。

从这里，谁也会看到我们工农联盟的更加亲密的明天。而当你再走进农业馆的深处，看到丰盛的瓜菜和食品，看到仿佛是从绿色壁画的果树上掉到展品台的米丘林苹果和葡萄，你一定会不再惊讶；并且一定会食欲冲动，要走进相连的那个大门，在绿壁阴凉的餐厅里坐下，满足地饱吃一顿。然后，你的生活力会更加充沛；会去到食品工业馆前面的大厅看电影，去到工业馆后面那美丽宽阔的露天剧场里看歌舞；或是步下剧场后尾的台阶，在平静的人造湖边散步一番。

展览馆的巨大的规模，也许会使人忘记一天的时刻。当你深情难舍地踏着花间的甬道和青青的草地，走出这座建筑的大门，说不定已经是繁星满天。而当你再一次回过头来，你又会发现那亮光超越过一切星星的红星的标志。啊，你又站住了！大概是什么东西在你的胸口沸腾起来了吧！是的，同志，你不用说，我跟你一样。我们都会重温着展览馆里的一切，我们的思想都会四处飞驰……

我们从展品台前操作机器的苏联朋友，会想到在各个建设岗位上日夜辛劳地帮助我们的苏联专家。也会从这座辉煌的展览馆本身，想到苏联的工程师们是如何苦心地在设计当中融会着我们民族建筑传统的格调。我们还会想起那高等教育馆的墙头，中国留学生钱高云和他的苏联同学安纳什金一道学习的图片；更会想起那书籍展览台上俄文的《毛泽东选集》，以及许多我国科学家和作家的作品的译本。在手工艺品馆的花瓶上，可以看到中国图案的装饰；在美术馆里，苏联的画家送来了他们严厉指责美帝国主义支持蒋介石侵占台湾的漫画原稿，也送来了为鲁迅的小说刻制的插图。而且，还不止这些。我们还从美术馆、出版物和职业教育馆里，看到了朝鲜的不屈的土地和印度支那的火热的丛林，看到了苏联人民向全人类伸出的巨大的和平的手臂……这个展览馆里难道只有那数得清的一万一千五百多件展品么？不，这里还有着世界上第一个原子能发电站，有着整个苏联人民坚强地迈向共产主义的脚步声，有着以日益强大的苏联为首的世界和平民主阵营将要不断取得胜利的保证。

当我们最后离开展览馆，我们浑身是劲。抬头远望，我们看见在共产党和毛泽东同志的领导下，正在我国建设起来的无数钢铁基地和汽车工厂；看见"鞍钢技术革新展览会"的成果推广得愈远愈深；看见在祖国的山地和平川，农业生产合作社正在不可阻挡地向前发展……我们朝着无限美好的明天的日子，回到自己的岗位上，每一个人都感觉到要把自己的工作做得更好一些。

1954年10月1日下午5时于北京。

将要繁荣的预告

几年以前,我在华北农村一个偏僻的山庄上,看到一个外来的铁匠正在为村人们修理农具。铁匠摊上炉火通红,铁锤叮当当响成一片。旁边,几乎是全村大半的人,都层层围住看着——一两个钟头也不散开。对于这么一件普通的事,人们为什么会有那样高的兴趣?我得到的回答是:这个山庄已经有好些时候没听过比铁匠炉上更好的音响;有好些时候没看过比铁匠炉上更好的色彩。现在,人们不仅是在看打铁,而且是在欣赏一场美妙的歌舞;那位满头汗水的铁匠,暂时也被当作了一个了不起的艺术家。

这并不是一件值得特别惊奇的事。如果是在旧中国的农村,不要说打铁,甚至就是面对着精彩的戏剧,农民们——

被饥寒紧迫着的人们——怕也没有心情去欣赏呢！至于这类事情出现在新中国的农村，当然只是一种少数的、非主要的现象。而且，这个事件也正说明了今天的农民对于文化生活的热切的要求。

中国的广大的农民，曾经通过几千年的时日，创造了自己的灿烂的文化。旧的统治者虽有可能暂时把他们逼在文化荒凉的境地，但新的天地马上就使他们的智慧高扬。正如一个农民诗人歌唱的："我们是埋在地下的真珠宝，毛泽东让我们见了天。"既然已经见了天，他们就会要明光闪亮。现在已经走进了人类大家庭的剧院里的中国的秧歌、腰鼓以及《武松打虎》等舞蹈，就都发源于中国农民的智慧和创造。在去年世界青年与学生和平友谊联欢节的民间音乐比赛当中，以唢呐表演《百鸟朝凤》获得三等奖的任凤祥，就是我国山东省的一个普通农民。当然，这一些都不过是中国农民文化创造的大海中的一滴。眼前，出身于农民的作家、艺术家以及某些机械农具的发明者，已经不只是很少的几个人；甚至就在较高深的数学领域，也出现了"于振善尺算法"的创造者于振善——河北省一个文化水平不高的农民。

也许有人会怀疑中国的农民居然能产生艺术家和发明家这样的事实。过去曾有某些西方国家的别具用心的所谓旅行家和记者，在他们的洋洋大著里面，总是把中国的农村与文盲、不卫生等这类字眼画上等号。他们的极端的近视眼当然看不见埋藏在中国农村的真珠宝，他们甚至也不想知道地球在随着时间不停地前进。文盲——几万万中国农民的确曾经大多是文盲，现在的数目也仍然不很少。但是，远在二十多年以前，中国共产党就在农村推行扫除文盲的政策，并早已获得了一定的成效。在东北的大连和旅顺的农村，一九五二年以前就已经消灭了文盲。同样也在一九五二年，祁建华——中国人民解放军里的一个文化教员，创造了方块汉字的"速成识字法"。部队里的文盲战士，采用祁建华的方法，只需集中起来学习两三个星期，就可以和文盲状态告别。城市的工人也有同样的效果。农民——广大的分散的个体的小农，对于"速成法"接受得要慢一些；但是，仅仅利用每日的中午和夜晚学习，用不了两个月，也可以和文盲状态告别。我曾在山西省一个名叫王家庄的村子里，认识了青年妇女卢桂英。她刚从"速成班"毕业不久，每天总是随身带着一本描写农村生活的短篇小说集，一边在农业生产合作社里劳动，一边在休息的时间看小说——不是看，而是念：她是个生产小组长，她的组员全部都是刚会看书的妇女；可惜人多书少，只能由她朗读。同时，我还看到和卢桂英同村的一个名叫岳丑毛的农民，这个人从小放羊，每日生活的圈子只是羊群和山坡，人也不言不语的过分老实；他又很少参加社会活动，各方面的知识也懂得不多。就因为这，村里的人都把他当作一个笨人。其实，他哪里是笨！只不过他的智慧还没能够抬起头来。"速成识字法"来了，他也参加了学习。人们谁也不信他能学会，都善意地对他笑道："丑毛！你也要当文化人么？"村里青年团跟一般人的看法相反，经常鼓励他，帮助他树立信心和决心，说他一定能学会。于是，他展开了一场艰难的痛苦的斗争。他黑夜睡下以后，使手指头在肚皮上默写着生字。白天，赶羊上山坡，山坡上的石头、树干和一切能写字的岩壁，都给他当作了练习写字的地方。于是，七十天以后，他写的字遍布山坡；那从来跟他没半点缘分的书报，竟第一次成了他的好朋友——书报上的每一个字，都对着他点头微笑。村里一个识字的老头到最后也不相信他真能识字，有一回就在大街上考了他一下，结果是，他对考试题的回答，使得这个老头张嘴结舌地惊奇了半天，终于说道："哈！这新社会果真是能叫瞎子开眼呀！"

　　文盲——睁眼的瞎子成千累万地张开了他们智慧的眼睛。不仅在山西省的王家庄，我还在河北省一个名叫郝白土的村子，看到了同样的事实。当然，各个村子里"速成班"的第一期往往是年轻人多，而第一期的结局也总是胜利。到第二期，五十岁的老头来了，儿女成群的母亲也来了……吃罢午饭，识字的丈夫把课本递给妻子，说："你快走！我来刷锅洗碗。大孩子也给我，小的，你带去哄他睡吧！"妻子就举起课本逗着怀里的小孩，一边哄孩子睡觉，一边走进教室。而在课余的时候，看吧！儿子教母亲，孙女教爷爷，甚至两口子为一个字展开了争论……因为农村还处在社会主义改造的过渡时期，自然也还有着种种原因，使得部分的农民不可能马上就全部接受"速成识字法"。但是，在参加了农业生产合作社的农民当中，特别是在青年农民当中，脱离了文盲状态的确实很多。同时，各个村子常年开办的农民夜校，也随时采用着速成的或一般的方法，在教农民识字。有着大量文盲的中国的农村，将要在我们的时代成为过去；一个文化繁荣的农村，已经从我们民族的泥土里冒出了鲜嫩的枝芽。

这些枝芽纷纷向国家伸出手来，要他们需要的一切。于是，通俗书籍的发行数量，这二年来，从过去的几万份突然增到了一百多万甚至几百万份。农村文化馆、文化站、俱乐部与图书馆到处成立起来了——这都有着成万的数目。有些农业生产合作社的图书馆，已经有了阳光充足的阅览室和几百本图书；山西王家庄只是个二百户的村子，全村就订了四五十份报纸和杂志。农民们大摇大摆地走进城镇上的书店，用自行车带上一大包一大包的书籍回去。新年和春节，书店里的年画柜上总是排着老长的队伍；出版社每一年都要发行五六百种新的年画，仅仅去年一年，发行的份数就达到三千二百多万，其中绝大部分是走进了农业生产合作社的俱乐部，贴上了广大农民家庭刚刚粉刷过的墙头。《工业模范赵桂兰见毛主席》和《保卫和平签名》这些画幅，得到了所有男女农民的最大的珍爱。

农民们在文化上最珍爱的，自然不只是一般的书籍和画幅。当他们走进书店，他们还特别注意挑选一些另外的东西——新出版的剧本和歌曲。不错，广大的农民现在已经能够在县城的剧院里看到戏剧和电影；同时，上千的电影放映队以及各地的职业剧团，也已经常年地在农村流动；此外，幻灯片更为流行，有的一个县就有五十架幻灯机；有些农业生产合作社并且独自设置了幻灯机、收音机或留声机。你可以在许多的村子里，听到关于我国的影片《白毛女》《葡萄熟了的时候》以及其他故事片和新闻片的热情的反映。你也可以听到许多的农民，精神振奋地谈论着苏联的影片《幸福的生活》和《金星英雄》。这些影片都曾帮助农民更加看清了自己的前途，甚至使他们在走向社会主义的合作化的道路上脚步更加坚定。我还必须提到《萨根的春天》——这一部描写苏联山区农民生活的影片，也在我们的一些山区放映过。我们有些山区的农民，曾经以为自己的家乡太偏僻，认为在那里很难建设社会主义，甚至想把家搬到山下边去；《萨根的春天》就在安定这些农民的情绪上起过作用。不过，我并不是要根据这些事实，来说明农民已经满足了对于戏剧电影的要求。事实是相反的：这些还远赶不上农民的需要。于是，农民们就迫切地跑进书店，买上剧本和歌曲，自己表演起来。

"自编自演，自唱自乐"，这已经是一些老解放区的农村多年来的传统。许多村子甚至在几十几百年前，就有了自己的音乐队和戏班子。最近这些时期，全国农村至少怕也有了五万个以上的业余剧团。他们在农闲和节日，上演着职业剧团流行的节目或自编的节目。地方戏、舞蹈、音乐、杂技和各少数民族的各个艺术种类，在新的天地里真是"百花齐放"。你在任何时候走到农村，你总可以看到农民的演出；而各地农村演出的节目，也总有不小的一部分是描写他们自身的现实生活的故事的。谁能说出这成万的业余剧团中的剧作家和优秀演员的数目！影片《白毛女》当中有一些饰演农民群众的演员，就是一个有名的柴庄村业余剧团里的演员；《白毛女》影片编剧之一的杨润身，就曾是那个柴庄剧团的编剧兼导演。我还知道在河北省唐县有一位名叫赵玉山的农民剧作家和导演，他仅仅在一九四九年以前的战争时期，就编导了十八个较大型的秧歌剧。由于剧本的内容大多反映的是当前的现实，因而旧的歌剧的形式不能完全适应新的剧本的演出；赵玉山的剧团就逐步改造了一些秧歌剧的音乐、化装等格律，而这也就为我们民族艺术的发展提供着点点滴滴的贡献。此外，农村业余剧团里一些优秀的演员和剧作家，也常有被选送到艺术学校培养，或调到职业剧团工作的。在我们国家的中央歌舞团里，目前就附有一个有部分农民参加的民间乐队，和一个全部来自农村的民间合唱队。

新的农村真是一个充满新的文化生活的天地，也真是一个涌现各种天才的源泉。现在，我又想起了山西省的王家庄，想起那里每一个农业生产合作社的社员，都知道庄稼地的肥料需要氮、磷、钾三种元素，知道每一种元素对庄稼的生长会起到什么作用。那个农业合作社的副社长董泮堂，熟知谷物的拌种、密植、施肥、杀虫以及打井、开渠各种技术；他还在村里培养了十多个技术员，有时候并给村民们上技术课。而像董泮堂这样的人才，全国的农村和各地的几万个农业合作社，哪一个村哪一个社里会没有啊！他们有的曾经经过地方政府短期的训练，有的是学了新技术的土专家教会的徒弟。在农民们把自己的儿女争着送进小学和中学的时候，他们更有意识地吩咐着这些未来的天才，要他们当中的一部分一定要好好地学成农学家——农民们已经深深地感到需要开始大量培养自己的农学家了。此外，农民们深感到比较更加缺少的人才，是医生和卫生工作者。目前尽管每一个县和每一个区大都有了医院和医疗所，有的村子还有了篮球场和各种体操器械，有了卫生员和接生员，不少中医也仍然在热心地工作；但所有这些的数目都还很少。农民们自己可以粉刷墙壁，可以把村子改造成卫生模范村；农村妇女也会成群结队地走上几十里地，去县文化馆参观妇婴卫生展览会；但这一切恰恰只会更加提高他们要求改进医药卫生条件的心情。这种心情，正如他们对一切文化艺术食粮的要求一样，跟他们迫望更好地经由合作化的道路走上社会主义的心情是一致的。

这种心情预告着未来的农村社会主义的繁荣，也预告着未来的农村文化生活的繁荣。农民们目前正把他们的全部智慧和劳力贡献给国家工业化和社会主义改造的不平凡的事业——也就是贡献给创造自己更繁荣的物质文化生活的事业。许多的事实已经给了我们合作化的农村一定会要到来的预告；这个预告不也就是我们和平的农村物质文化生活将要更加繁荣的预告么？我们时时刻刻都能听到这个预告的声音。

为苏联《苏维埃文化报》作。1954年3月11日于北京郊外。

春天的喜悦

早晨，风软和下来了。在北京城郊的树木的嫩枝上，冒出了最早的绿色的新芽。在那飘散着的工厂的烟雾当中，搅和着从泥土里升起来的蒸汽。忙迫的马车群，钻过树间的嫩枝和田野的蒸汽，开始给庄稼地运送着肥料，这是春天的风景；我们又听到了春耕季节的脚步声。

去年，前年，北京城郊的早春，是不是眼前的景象？不清楚。我没能注意这些。但是我注意到了另一个地区，注意到了山西省长治地区的情况。去年这时候，长治地区刚刚建立的"中苏友好集体农庄"，开始了它历史上的第一个春耕。农庄的大部分土地，告别了千年来难舍难分的牛马和木犁，开始了与拖拉机相依为命的生活——当然，从庄员们自己给农庄取的名字，你会想到这里的拖拉机是苏联的出品。我记起了一九五一年冬天，我在斯大林格勒的拖拉机工厂参观的日子。那个工厂里密密地排成大方阵似的拖拉机曾经是怎样地激动过我们参观团！而在去年春天，我在长治这个农庄的土地上看到的拖拉机，就正是我的老朋友。它们的牌名叫作"纳奇"，它们的身上，还保留着我曾在那个伟大的出产地嗅到过的气息呢！

现在，一年过去了。我的"纳奇"牌的朋友，不仅在去年春天的阳光底下工作过，而且还在去年秋后雨雪交加的日子里加过班。拖拉机英雄式地对待了庄员们和附近农民给它的火热的欢迎和爱护，也耐心地帮助着农庄外面个别的农民擦亮了他们怀疑的眼睛。"拖拉机把这好好的平地犁成了这么大的沟，这还行啦？""松地不给机器压成石板了么？"这一类的话已经烟消云散。拖拉机为农庄耕种的一万多亩土地，在偶然的严重旱灾和虫灾侵袭下，依然大大超过了前一年使牲畜和木犁耕种时的收获，比个体农民土地的产量，接近于超过半倍。这个九百一十八户的农庄，在眼前这些日子，正面对着二百多个充满喜悦的要求入庄的农户。

"中苏友好集体农庄"还只是长治地区唯一的农庄。但是这个地区十六个县的七八十万农户，正朝着集体农庄紧迈着脚步。一九五一年，这个地区第一次创办了十个农业生产合作社。去年春天，我生活在长治的山区，听当地的农民高唱着"个体的不如互助好，合作社又比互助高；要想生活更美好，集体农庄是目标"的时候，我知道，那里的农业合作社已经发展到了九百八十四个。而现在，又是一年的春天，那里，"九百八十四"这个数字，变成了"三千七百三十六"，参加的农户达到十三万多。至于小型的生产互助组，则在一万二千个以上。

我并不想以几个简单的数字，来说明当前中国农村的情形。古老的中国的农村，曾经在几千年的时日里边，一步也迈不出去。就在去年春天，我也曾在长治地区的一个农业生产合作社里，看见一个社员因为牲口入了社而日夜不安。黑夜，他常常要三番五次地跑进社里的牲口圈，给自己的骡子偷喂一点草料；白天，偶然碰见他的牲口仰着脖子对着他大声嗥叫，他马上要背过脸去，悄悄擦掉自己眼边上的泪珠。去掉私有的灵魂，对于农民，就如同移山倒海一样。我们的时代毕竟可以移山倒海。今年一月，有一个农民要求参加农业合作社，社里慎重地考虑到他的私有观点，没有接受他的要求；并劝他好好地想一想，再作决定。这个农民又想了一想，在一天的晚间，竟私自把自己的牲口牵进社里的牲口圈，而且巧妙地逃过了饲养员的眼睛，让社里给喂了一夜。第二天，他找着社长，理直气壮地说道："我已经入了社噢！

社里头把我的牲口都喂起来啦,你还能不承认我?"因为同样的情形,没被允许参加农业社的农民,爬过山,渡过河,找到县人民政府,诉说对村里农业合作社的意见的,在今年一月,也发生了不止一件;直到现在,这类情形怕也还在继续着呢!

集体农庄和农业生产合作社土地的收成,把过去的神话变成了现实。过去收获二百斤的土地,如今突破了一千斤;过去野兽成群的荒山,如今出现了像山西西沟村李顺达农林畜牧生产合作社培植的彩色缤纷的林木。农民们的眼睛已经亲切地看到:经由互助组、农业生产合作社逐步过渡到完全社会主义的集体农庄,就是自己的上"天"的路——过去的神话里的天堂,已经确定地被我们农民当作了今日的苏联。而在去年秋天——国家第一个五年建设计划开始的第一年秋天,中国共产党和毛泽东同志规定的我们国家在目前过渡到社会主义时期的总路线,更帮助着农民不可阻挡地提起了前进的脚步。农民们说:"毛主席规定的总路线,就好比给咱们安上了个灯塔,给咱们戴上了个望远镜。"对于总路线的中心任务是发展重工业,农民作了这样的解释:"咱们要过渡到社会主义,要上社会主义的'天',这过渡的船和上天的梯子,不是别的,就是国家工业化。"有一些农民更这样说道:"工业化是什么?工业化就是点石成金!过去都说只有神仙能点石成金，现在，你看看那拖拉机，不是能指土地成黄金了么？"于是，农民们通过自己所说的灯塔和望远镜，展开了帮助工业化的活动。于是，我们看到在眼前的春风吹过的地面，农民们正如海水涨潮一样地涌进农业生产合作社，这就是因为按照他们自己的说法，他们要攀登上天的梯子，要踏上过渡到社会主义的大船。

"早上船，早过渡，早早走到苏联那样的好世界！"农民们在这个心情下展开的活动，又广又深。就在不久以前，在眼前的春天的前夜，我不仅看到了农村里创办农业生产合作社的潮流，而且看到了我们的粮食（这是斯大林同志称呼的"宝中之宝"）的生产者，是如何对待着国家第一次实行的粮食的计划收购和计划供应的措施。当农民们体会到把自己的余粮卖给国家，就是帮助国家工业化，就是帮助推动过渡到社会主义去的大船的时候，我看见河北省一个名叫吴冬雪的寡妇，一个养活着三个孩子、全部的生产劳动全靠她自己动手的普通妇女，谁都说她生活并不太富裕，她可自愿地卖给国家六十斤余粮，并且在好几次大会上讲话，号召大家参加互助合作，争取更大的丰收，争取来年卖给国家更多的粮食。我还看见一个名叫郝洛厚的农村共产党员，他给他全家每一口人一个月只留下二十斤粮食，其余的全部卖给了国家，有人担心他是不是留少了些，他说："我这是大口小口背拉着留的！再说，我还有红薯！红薯面掺和上粮食，吃起来又香又甜的——我的生活要比起战争时期来，简直天天像过年一样呢！"我参加过许多农民们讨论把余粮卖给国家的各种会议，听到过我的淳朴的同胞诉说他们过去遭受过的血汗流成了江河的苦难，听到过他们叙述这几年国家从农具、肥料、农药直到花布和自行车，处处给他们莫大的方便的情形；我也听到过中国人民志愿军的家属，在会上发表关于巩固国防和保卫和平也迫切需要工业化的意见；看到过农村的宣传员们，指着画报，描述苏联集体农庄的场面。我知道，长治山区李顺达四十七户的生产合作社，卖给了国家一万多斤余粮。已经幸福地享受到拖拉机耕种的"中苏友好集体农庄"，卖余粮的数字，更在百万斤以上。农民们甚至就在节日，也宁可少吃细粮，他们说："让细粮参加工业化去吧！咱们多吃点粗粮，也算是给国家的工业化多尽一点心！"

新的中国还只迈出了工业化和社会主义改造的开始时期的脚步。对于几万万的农民，另一条为他们熟悉的旧路，并没有马上被他们遗忘：这就是富农的、资本主义的道路。就在我看到农民们卖余粮给国家与涌进农业合作社的浩荡的潮水当中，我也同样看到不少仍然要坚持单干的农民；我并且还看到一个农民已经在去年春天买进了土地，准备"自家好好地过过日子"；看到另一个贫农在翻身以后，已经置备了两套马车，并找来一个贫穷的亲戚跟他一道赶车跑运输，因而变相地开始了雇工的剥削。我更看到一些中农，多年的余粮积存不卖，还直把粮食籴进手中；国家要买余粮，他甚至想出一些计谋，争取少卖。虽然这都是在海浪般的总路线宣传下边被克服了的几件事，但是，在今后相当长远的路程上，难免就不会再有与旧的道路没割断联系的人、不会再有误入旧的道路的人。这里还有着一场后代的农民回忆起来将要含着眼泪微笑地谈论着的斗争。面对着这个饱含辛酸和欢乐的斗争，将会有着多少中华民族的共产主义的战士，来进行巨大的幸福的工作啊！在农村，你会听到几乎是所有的农民，如今都把富农的、资本主义的道路叫作"死路"；即使是与这条旧路还有着牵连的人，也不能不在口头上这样承认。当然，不要太多的年头，先进的工人阶级领导农民创造的历史，是会把这条旧路深深地埋葬掉的。可惜我离开农村早了一些——还不到一个月的时间，我就有了一件不小的损失：我没有与最近的一些农民代表一道去参观工厂，我也没有看到最近访问农村的许多工人代表团与农民欢谈的场面。我只能激动地想象着：在现在的早春的时日，工人和农民这两个手足兄弟的亲切的来往，会有着多少充满喜悦的情景啊！

在我们一步步迈向社会主义的途程上，在我们朴质的勤劳的农村，尽管还会有着曲折和波澜，但实在是充满着如同眼前的春天带给人们那样的喜悦。春天不是收获的季节，我们的春天却能够确切地看到丰收。我们国家的社会主义的事物正在每时每日地增加，我们将要培植起来的，是社会主义的大树；但是我们对早春时候刚刚在树木的嫩枝上一棵一棵冒出来的绿色的新芽，总是以最高的喜悦迎接着的。

为苏联《文学报》作。1954年2月19日于北京郊外。

在更高的路程上
——给一个同志的回信

你来信要我谈一点农村的情况,我一直没有回信。我对农村知道得很少,理解得不深。要给你写点什么,总感到理不出个头绪。最近,我正在学习我们国家过渡时期的总路线。这个学习帮助了我,使我能勉强来写这封回信。

在农村,常听得农民们说:"共产党和毛主席是我们老百姓的灵魂。"我这样想:我们国家在过渡时期的总路线,应该说就是我们国家的灵魂的具体的体现。

这个总路线是和全国每一个人的前途相关联的。必须好好学习这个指导我们国家一切行动的最深刻的马克思列宁主义理论。但是,这个学习不能离开我们国家非凡的现实生活。我就是在学习当中零星地想起了一些在农村看到的情景。这里，就把我零星想起的一些跟你谈一谈。

今年四月，我到过北满大平原，到过松江省一个名叫团山子的村子。这是一个使人兴奋的村子。村边上那使拖拉机耕种的二百垧小麦，麦苗编织得像一幅遮天盖地的缎子，在春风里闪动着绿波。村的供销合作社跟城市的合作社差不多：柜台里外陈设着样样俱全的米面、农具、花色布匹和纸张文具，此外还有各种针织品，有自来水笔和电镀的小刀，有点心、水果糖、奶粉和普通的药品。这简直是一个百货公司。这里的百货，也的确分散出现在农民的家庭里面。正是东北的早春时节，"百货公司"前边不远的篮球场上，一队穿着紫色绒衣和高勒球鞋的青年农民在打球。不只是运动员们能够装扮，村里谁都有几件出客的衣服。说到吃，每逢做饭时候，村头上总要飘动着引人食欲的油香……谁也要惊叹农民生活水平的高，甚至还会感到一点儿浪费。而这个村子的农民，在日寇实行并屯政策的时候，曾被赶到黑龙江边远的荒野；解放以后集体回来，光景才是一间屋子挤住五六家，家家连吃饭的碗筷都没有呢！

土地改革和互助合作运动改变了团山子。而大大缩短这个改变的时间的，是从去年开始的社会主义的一大步。去年四月，农民们组织了一个集体农庄。二百来户的村子，入庄的有一百三十七户。他们附近的国营机械农场几年的行动，直接引起了他们很早就要组织农庄的兴趣。一年当中，尽管经历了千难万险，他们的农庄倒在艰难的风险里站得更稳更高。到去年年底，农庄九个月的收获，给每个劳动日分得折合八十斤高粱的粮款；男劳力有的做到二百七十个劳动日，女的也有做到二百六十个的。村里收成最好的一家个体农民，一个劳力一年才收入五六千斤粮食；农庄里收入最少的庄员，也在一万斤以上。到今年四月，庄员们贷给农庄和村供销社信贷部的粮款，就折合约三十万斤高粱……合作化的农村，一开头就带给了国家和人民难能估价的幸福。

团山子只是我们农村实现完全社会主义的合作化路程上吐出的一片火苗，一点星星之火。团山子有辽阔如金海的土地，有国家特别供应的马拉农具和改良耕作技术的设备，有国营农场租给他们拖拉机。在全国广大的农村，现在还不可能获得这些条件，还吐不出这样的火苗。然而，星星之火，可以燎原。团山子燃起的火，绝不是我们国家海洋中的孤火。

去团山子以前，我在太行山的农村工作。那里遭受过敌人十多年近乎毁灭的破坏，农民的身上曾经是百孔千疮。土地也少，庄稼生长在山岳、丘陵和不大的一点盆地上。但是，目前那里土地的单位面积产量甚至要超过团山子。那里有一穗一尺二寸长和一斤四两重的玉米，有十二斤一个的萝卜；这大多是在互助组和农业生产合作社的丰产地里收获下来的。而这些丰产地，甚至就是一些个体农民作务的地，不论是使步犁或旧犁耕种，不论是密植的小麦或一窝两株的玉米，当根苗出土的时候，那行行垄垄的编织，真要赛过杭州织锦。那里的农村供销合作社，只不过不如团山子"百货公司"的规模，主要的货品也大都不缺。我在一个村子的物资交流会上，看见村里一个二十一户的农业生产合作社的所有社员，购买工业品拿出的粮食，就折合三百八十多元人民币；这在团山子可以买到近一万斤高粱……太行山的农民也创造了自己美好的生活。

我还想提到华北农村的另一个山区。这是一个有着长期的革命历史，从抗日战争以来更是倾全力贡献给革命的老根据地。这里现在主要的食粮是玉米和小米，花色衣裳不很普遍；点灯大多还用豆油，吃的油盐也不太丰富。一句话：这里农民的光景不算很强。但尽管这样，他们的生活同样提高不少，而且这部分地也是组织起来和新农具、新技术的功劳。你会相信：我不是在弄玄虚卖关子。

这是一片比较特殊的地区。跟太行山一样遭受过敌人绝顶的烧杀。这里也有小麦和稻子，也有垂柳、香椿和桃、梨。更多的是杨树。比杨树还要多的，是所谓三大宝：沙子、石头、枣。沙河和胭脂河把这里划成了无数的山梁和河滩，山上是石头夹着砂岩,河滩是沙子包着石头子。可耕地没有好多,往往山洪冲刷河滩,又把不多的庄稼毁灭。山沟山岔遍长枣树,人们就"枣顶半年粮"。然而,旱涝年枣也要歉收,不旱不涝,又是十年九长步曲(枣树的害虫);即使无灾无病,红溜溜的甜枣当水果吃稀罕倒新鲜,但是,顿顿是枣,枣窝窝头、枣粥加枣面,就并不很好下咽。而且,除了粮食合着枣,还得掺糠掺杨叶。就饭的菜也是杨叶,或是弄一点老酸菜。这就是这片山区的农民过去的生活,也是我们很多干部亲身尝受过的生活。

从过去看现在,难道这里的生活不是提高了么?当中央老根据地访问团慰问这里的时候,农民们摆出他们日常吃的黄干粮(玉米面窝窝头)给访问团看,然后,又拿出他们珍藏的过去常吃的糠菜枣干粮,张开笑脸,对访问团的同志表示他们衷心的喜悦,并且说:"如今咱们可是舒坦多啦!"又说:"嘿嘿,咱们这里可就剩下老杨倒霉啦!""老杨"指的是养活过他们和革命干部的杨树。过去,每年早春,杨叶刚抽芽,人们就要爬上树去采摘,而且都还要赶早去,好抢先爬树。现在,深秋时候,老杨叶满河滩,任风飘扫,没人理睬。"老杨"可不是倒霉了么?

我们国家的不平衡的情况,使得太行山和胭脂河的农民,甚至就是团山子附近广大的农民,现在都还不能燃起像团山子那样的火苗；但是，他们却已经在逐步走向合作化的路程中，燃起了秋夜的繁星一般的火点。这样的火点并且遍布到全中国，正和团山子的火苗连在一起，汇集着那也将逐渐发出火光的广大的个体农民，一步步奔向苏联农民那个目标，奔向着更高的生活。农民们自己编出了快板，唱道："个体的不如互助好，合作社又比互助高；要想生活更美好，集体农庄是目标。"这个快乐的声音，是农民们拥护国家过渡时期总路线的表示。正是这个声音，使我们怀抱着为国家总路线服务的乐观的心情，使我们充满着农业社会主义改造的信心和勇气。

你在来信中特别关心那些自然条件较差的山区和遭受了天灾的地区的农民生活，我不知道我在上面说的那些，满足了你的关心没有。我想，这里不妨再补说两句。就还说太行山吧。上边说过，太行山的生活是提高了。不过，那里自然条件到底较差，农民们实际生活的情形，到底是怎样呢？告诉你，当我在太行山里按日轮流地分派在各个农民家中吃"派饭"的时候，我差不多每天至少都能吃到一顿白面；而我经常不安地对吃白面提出的意见，总是要遭到责备。"你看你才是哩！"农民说，"又不是特为给你做的！你不来吧，咱们不也是吃这？你当这还是过去？"他们说得对：这的确已经不是过去了！即使是遭了天灾，情况也完全不同了！比如，也还拿上边提过的生活并不很强的胭脂河畔来说，那里一个名叫陈继和的县人民代表告诉我：去年他们县里遭了点灾，灾情并不太重；但国家在去年救济和贷给他们全县的粮食，就比全县向国家缴纳公粮的数目还多。你可以想到：就是这些农民，只要一提起共产党、毛主席和人民政府，他们那忠诚的心会要怎样激动！他们那火热的语言，又会要怎样使人感奋得落泪！中国的农民，已经是毛主席庄严地宣布过的站立起来了的中国人。他们深知自己的过去和现在，他们在国家总路线的灯塔的照耀下，在过渡的路上往前行走的脚步，是什么也阻挡不了的。

你的信上也很关心农民对工农联盟的热情。这我也可以告诉你一件事。我曾在太行山的上党盆地和东北的团山子，跟农民一道，看工人们驾驶着拖拉机，给农民耕地。那些远道赶来第一次看拖拉机的男女农民，他们紧跟着拖拉机飞跑，紧随着发动机的声响欢呼。他们一会儿要工人同志停下来讲解，一会儿又要工人同志慢慢地开动，好让他们仔细看看。有一个下巴上飘着青灰色胡子的老汉，带上干粮，赶了二十五里地，跟着拖拉机整整看了一天。当我跟他聊天的时候，他给我说了个故事。"嘿嘿，"他说，"人们说是汉朝刘秀皇帝逃难，有一回追兵来了，没处藏；亏得道边上正有个庄稼人在耕地，就把他藏在犁沟里，躲过了追兵。"他捻了捻胡子，笑道："那还不是古人们瞎编的！一条犁沟还没个巴掌深，就能藏住人？嗨嗨，可你看看这，"他指指拖拉机耕出的犁沟，说，"这能说藏不住人？不信，你往远处站站，我藏给你看看！哈哈！"他仰着脖子，笑得像风吹响铃。后来，又慢悠悠地说道："像这么下去，有活头啊！"说完，盯住我望了一会儿，忽然又撇开我，追着拖拉机，嚷道："工人同志！歇歇吧……嗨，这小伙子可真是干啦！哈哈！干吧……喂，歇歇吧……"又叫人家歇，又叫人家干；这一句含混不清的话语，道出了农民对待工人同志的真挚的热情。

这是人类历史的伟大的热情。这种热情也正引导着农民逐渐涌进工人的行列。一个多月以前，我在官厅水库听到一些民工告诉我，说他们刚来工地的时候，经常是身在工地心在家，经常要担心家里的田地会不会荒废。现在，家里有互助组照顾，官厅水库又使家乡避免了今年猛烈的洪水为灾；而他们自己，也在集体劳动当中和工地上工人同志的召引下，跨进了一大步。他们已经有一些离家一年多的人，决心要把自己长期献给水利建设。有的还接到家人们同意他们长期出外的来信，信上叫他们别惦记家，并且叮嘱道："好好参加建设！好让咱们早些过苏联那样的日子！"这不仅是家人的叮嘱，同时也是农民对工人的要求，是工农联盟的真挚的感情的透露。"农民——这是中国工人的前身。"毛主席早就预见了我们国家目前的一个重要情况，早就不可动摇地宣布了工农联盟的血缘的关系。

我并不盲目地乐观，并不以为农村在国家总路线的照耀下，就可以像蹓柏油马路那样轻易地过渡到社会主义。至亲的工农联盟仍然是两个阶级的联盟，联盟不能离开工人阶级的领导。我们的工人阶级正在国家总路线的明灯下，给历史创造永远歌颂不完的神奇的现实；就是这些神奇的创造，也将要工人同志绞脑汁流汗水，克服万种难能估计的凶险和困难。农业的改造，农村的前进，更不会轻轻直上，至少也应该说是等于一个愚公移山。

农民还远没有脱离小农经济。农民的生活水平还并不平衡。农民也仍然要求不断提高自己的生活，而这是一件几万万人的不能有任何虚假的具体的事。工业化——我们国家在过渡时期的头等大事，当然也是为了农民的眼前利益和长远利益的头等大事，更需要我们付出最大的力量。因此，国家正在要求我们必须想一切办法增加生产，同时也必须节约和艰苦奋斗。我们的农民已经看到为了根本改变自己生活的历史，也只有依靠工业化，只有提高生产和实行节约；但农民之间对这条道路的理解程度的不同，又使农村出现了极为复杂的情景。

农村里有着极多的生活节俭、为国家也为自己勤恳劳动的农民；也有着虽也省吃省穿，却把粮食十石二十石地积存不动的老汉，甚至还有某些吃吃喝喝和不必要的铺排的恶习。有牺牲自己已经成为生活的习惯，一心只为实现合作化的众多的共产党员和积极分子；也有尽管自己的儿女都衷心地参加了农业合作社，而自己仍然顽强地站在社外的父亲。就是在最好的农业合作社里边，我也看见过动摇万状，甚至三出三进的社员；社外更不用说，就是在东北的团山子，都还有着许多对集体农庄的怀疑的眼色。而且，有少数的所谓互助组和农业社，实际上只是一群个体农民的招牌；有的农民即使是看到村里的农业社办好了，也还要说："先过河先湿脚，不骑马跌不到马肚底。"准备拿出三年两载的时间，在农业社外边好好看看，再决定态度。至于农民们对于合作化的前途的看法，不少的还只是"不敢说不信，也不敢说信"，或是"说赖说不来，说好没见过"；我并且还见过一个老实的倔强的好农民，说他哪怕是最后一个走到社会主义，他也不后悔……当然，绝不能因为这些就责备和埋怨农民落后，这只能督促我们加强自己的工作；但是，你可以想到，这将是多么繁重的工作啊！

而且，问题还不止这些。农村里还有着远离互助合作，在通向富农的岔道上的徘徊者；有的甚至已经跨进了岔道。此外，更需要我们警惕的，是地主的余孽也仍然在进行挑唆；他们利用自然的灾害和农村工作干部作风上的某些缺点，到处乱钻，随时妄想进行破坏，甚至妄想煽起什么样的骚动……

这就是我们的农村。这就是说，我们的农村已经在国家总路线的指引下，通过互助合作运动的发动机，正一往无前地朝向社会主义的天地直奔；但是，在它奔驰的路上，横躺着的绝不是一座小山，需要披荆斩棘，一步一个脚印地过渡前进。

不能不把今日的农村看作充满朝气，也不能天真地把今日的农村仅仅看作空空洞洞的一片新。不能有一点忽视对农村的宣传，也不能以为农村里是困难重重，无从下手。不能容许只向农民宣传"消费的社会主义"，说社会主义就是牛奶和收音机的这种错误；也不能过分满足于农村的表面欢乐的轻飘的故事。对于农村的宣传，必须要在总路线的阳光普照的天地里提高起来。"严重的问题是教育农民"，这就是我们对于农村工作的指南。我们走完了万里长征的第一步，我们还记得这第一步的种种艰难。现在我们正走着过渡时期的另一步，这另一步的艰难甚至还会超过第一步。这是更高的路程，这是更艰巨的一步；是把我们古老的新中国过渡到人类历史最美好的和最后的阶段——社会主义和共产主义阶段去的一步。最美好的东西，是必须要付出最高的代价才能取得的：你说不是么！

最后，关于你问到我自己的事，我也可以说两句。我打算更多地了解农村，打算努力写出一点农民行走在这过渡时期的更艰巨的路程上的情景。这对我是一件很吃力的事。我的严重的问题，首先就在于以愚公移山的行动来提高自己，使自己逐步达到总路线要求的水平。

1953年10月29日于天津。

幸福的鲜花满地开

一对普通的青年男女结婚，一个平常的农村的婚礼，引动得邻近各村派了八十多个代表参加，号召起更多的村子举行了婚姻座谈会。报纸给这一对新人出了专刊，新人们为自己的婚事写下的告全省兄弟姐妹的信，刊登在省报的显赫的版面上。这是一段曾经传诵一时的佳话。这一个两年以前发生在新中国的山东省的事件，在长长的时日里，正如清晨绿叶上的水珠一样，浸透着无限的新鲜。

两年过去了。现在，我们通过一九五三年的眼睛回望过去，也许会感到事件的平凡。这不过是一个普通的婚姻故事。这年轻的一对，女的叫邵秀英，男的叫孙田均。他们都是青年团员。他们只是为了自身的幸福，不顾父母、亲友和村干部的阻挠，在自己的村子里公开地自由恋爱和结婚的第一对。像他们这样的事，在今天新中国纵横的国土上，简直如同丰收年的谷物，多得数不清。

去年初冬，当第一次的雪花冲破收获后田野上谷草的浓香，给土地洒下一片清新的时候，我在山西省农村的黄土路上，曾经碰到多少一对对自由自主地往政府去登记结婚的少男少女啊！他们一边走一边悄悄地谈心，或是骑着牲口和自行车，飞快地从人们身边闪跳过去。我看见那些女孩子的头巾，在阳光和雪地里变成了彩虹；男孩子的青青的闪光的新棉袄，把黑红的脸蛋衬上了一层油亮。我也看见他们登记回来的时候，村头上乐队里的大喇叭手，把老长的喇叭管伸向半天空，使着劲儿，两片嘴巴鼓成了两个大苹果，不顾一切地吹奏着欢迎的曲调。我到过的一个名叫王家庄的村子，一百多户人家，前两年没有办过一桩喜事；去年冬天，忽然创造了全新的纪录，有八对男女自愿自主地结婚和订婚。

幸福的事儿并不只出现在农闲的季节。今年春末夏初，北满的大平原正在播种的潮水当中翻腾起伏的时候，我参加了松江省团山子村集体农庄的一次婚礼。结婚的是一对中年，他们的打扮却比年轻人还要鲜艳。为他们祝贺的人群，也宛如国庆节日那样地欢欣。也许他们的婚礼有些短促，他们不愿耽误耕种的好时光。而当我从北满的平原回到北京的街头,我却看见了比集体农庄更为紧张热烈的婚礼。这是一些在工厂俱乐部或新的工人宿舍举行的仪式,包括一对新人或集体结婚的几对新人。他们在工余和假日,在工厂腰鼓队的喧闹里办着喜事,一会儿工夫以后,当上班的汽笛响起,他们立即把欢乐带到机器旁边。

新中国,喜事多。我没有看见任何一件新的喜事被人们忽略,我更没有看见任何人因为后来者多就把先行者的价值减轻。山东省邵秀英和孙田均的事情,至今仍活在男男女女的心灵上。他们到底是在他们村里敢于争得婚姻自主的第一对。并且,即使不是第一对,谁又会因为喜事太多而感到平凡,谁又会不为任何一对而歌唱!新的喜事是越多越好,越多越不平凡。

中国人民从来把结婚叫作"办喜事",然而,只是在今天,"喜事"才好不容易地获得了自己的真正的生命。在过去,有几个人在办喜事的时候得到过什么喜!喜事只不过是悲剧的代名词。请听听这样的歌谣:"十个桃花女,不胜一个拐脚儿。""嫁鸡随鸡,嫁狗随狗,嫁了鸭子随水走!"古老的中国就是这样对待自己的女儿,这样安排她们的命运。还有:"多年的小溪流成了河,多年的媳妇熬成了婆!"当这被婆婆虐待了几十年的媳妇刚当上婆婆,又会按照古老的传统,虐待着自己新买来的媳妇……

古老的中国的婚姻和家庭，织成了一部沉重的历史。在过去了的长远的黑暗的年代，万千男女曾为摧毁这部历史做过宝贵的斗争。在近三十年里边，中国共产党的措施，已经更进而在逐步编写另一部新的历史，并使真实的幸福出现在过去广大革命根据地的无数家庭里边。然而，当这阳光普照，古老的中国变得年轻，贫穷的中国将永不回头的时候，那一部旧的历史也仍然有着它的分量。地主阶级打倒了，广大的农村和人民的意识当中还有着残留的封建的落后的灵魂。直到一九五〇年《中华人民共和国婚姻法》公布以前，甚至就在《婚姻法》公布以后，旧的历史仍然在部分的角落兴妖作怪。一九五一年九月，山西省的反革命分子方书堂，就曾把被他虐待得不能不跟他离婚的妇女薄玉仙杀伤。在我到过的那个王家庄，我看见张爱芝和岳三存在农业生产合作社里同劳动同学习，恋爱的关系从去年春天直发展到去年冬天；而张爱芝的母亲却嫌岳三存是个放羊的，家又穷，竟长久地不同意这门亲事。特别是还有个别的干部甚至共产党员，他们在一般工作上似乎也冠冕堂皇，但他们路过一家人家的窗外，听见窗子里边丈夫在打老婆，就会赶紧离开，不管这回事；而当他们看到一对青年男女在河边树下正当地谈恋爱，他们却要暴跳如雷地嚷着："岂有此理！你们简直是胡搞！简直是扰乱社会风气！"甚至还要一条麻绳捆起恋爱的一对，公开违法地把人家送去关起来……

新的庄严的《婚姻法》行走得绝不是一帆风顺。但是，《婚姻法》的庄严，恰恰也正是在坎坷不平的路上站得更高。它毕竟使更多的人一天天更加顺畅地获得了家庭的幸福。它的最大的劳绩，是使过去不能反抗和反抗了结局也往往只是悲剧的男男女女，敢于起来反抗阻挡他们获得幸福的妖魔。他们的支持者是五万万人民和全人类的良心，是伟大的中国人民志愿军的战斗和在战斗空隙寄回祖国来的宝贵的书信；他们反抗的结局总是无往不胜。从去年冬天到今年春天，当贯彻《婚姻法》的运动在全中国奔腾驰骋的时候，人人都看见新的《婚姻法》变成了万里飞翔的和平鸽，把鲜花般的幸福降落给东西南北的男女和家庭。

我必须提起山西省那个杀害妇女的方书堂，那个反革命分子早被国家逮捕和法办。我也必须提起王家庄的张爱芝和岳三存，他们应该感谢村里那几十个干部和群众，是那些正直的人不怕麻烦的几十次的谈话，说服了他们的婚事的阻挠者，使他们获得了美满的婚姻。我还必须提起那些意识上残留着封建思想的干部，他们大多在贯彻《婚姻法》的浩荡的海里洗了洗澡，慢慢地变得健康起来。我并想提到一个名叫苏家庄的村子——这个村里的青年妇女苏小凯跟苏子和恋爱，因为男家不很富裕，又因为是同姓同村，他二人的婚事遭到了家庭和村干部的顽强的反对；而且，因为他们再三的坚决的要求，有个别村干部竟和女方的家长联合起来，借口说他们"胡搞"，骗来一部分群众，捆起他二人开斗争会。斗争会上也动摇不了他们的意志，他们在会上理直气壮地向旧的婚姻历史进行的控诉，引动得参加"斗争"的男女大声呼吼："坚决打倒封建婚姻制度！"恰在这时，一个秘密去区政府控告这一场违法斗争的青年团员回来了，跟他同来的区长并且带来了神圣的结婚证，共产党的区委书记还抱来了两束鲜花。区长在这个"斗争会"上代表人民政府庄严地宣布批准苏小凯与苏子和结婚，区委书记亲自担任献花者，把鲜花送到这一对刚才的被"斗争"者和现在的新人的手上，并祝他们的幸福如松柏那样万载常青……

新的《婚姻法》从战斗中带来了多少美丽的传奇故事！多少婆媳不和和夫妻不和的家庭，因为新的道德观念的指引，变得互相体贴、照顾和尊重！多少人的干瘦的、皱纹满布的面孔，因为幸福的爱情的照耀，变得红扑扑亮闪闪！四川省泸县二十九岁的寡妇刘永晴，在过去那漫长的孤独的夜晚，曾经悄悄地流过多少苦痛的眼泪！现在，她爱上了一个雇农出身、穷得打了一辈子光棍的聪明的先进的人物，她不再有任何顾虑地扬着笑脸，很快就跟自己心爱的人儿结了婚。山西省的农村妇女陈爱云和钢铁工人宿岐山，被父母包办结婚，多年来互相间没有半点情意。《婚姻法》帮助他们离婚以后，陈爱云跟另一个钢铁工人结了婚，宿岐山也找到了自己的对象；他们仍然同住在一个工人宿舍，他们一对不和的夫妇，变成了两个相亲相爱的家庭。

　　人们的幸福并不只是这些，我还必须提到另一个更加重要的方面。我曾经笨拙地向王家庄的张爱芝提出问题，要她告诉我她为什么爱岳三存。她随口答道："我喜欢他呗！他劳动好，积极，活泼，他是青年团员。他……他各方面我都喜欢。"这是一个朴素的然而意味深长的回答。人们决不盲目地平庸地对待自己用斗争得来的幸福。人们选择自己的幸福的对象，决不单纯地看容貌，而要看劳动，看政治，甚至还要互相拿出笔记本来，考考对方的文化程度。这就是为什么许多的青年团员，只是在自己的爱人立功以后才同意结婚。这也就是为什么许多亲爱的夫妇，因为对一个问题的看法不一致，可以在大会上争得面红耳赤。还有着许多幸福的男女，自己动手把托儿所办好，把孩子妥帖地安置下来，而形影不离地一同劳动和学习。我并且看见过一对农村的情人，他们恋爱的过程，是因为他们家里各有一块地紧紧相连，他二人在邻近的地里做活，在休息的时候到地头上谈话，他们越谈越亲，越做活越有劲；当他们恋爱成功的时候，他们各自养种的地，也都得到了丰收。

同样的事情也发生在河南省鲁山县的沈沟庄村里。这个村有一对青年夫妇，女的叫王顺英，男的叫任小群。他们结婚不久，任小群就被淮河上惊天动地的工程召引走了。由于偶然的原因，他们离别一个多月，互相间没有得到对方的讯息。王顺英心里头正有些不安，忽然，她看了附近的剧团演出的一个戏，一个真实的故事编成的戏——有两个一道参加治淮的亲弟兄，哥哥被评为模范，弟弟被评为二流子。这个戏使王顺英满脑袋被自己的亲人和"模范"与"二流子"的称号搅得昏昏乱乱。夜晚，她很不宁静地躺在床上，忽然梦见丈夫当了二流子，开小差跑了回来。她简直激愤得心都碎了，她在梦里大哭了一场。第二天，她怀着梦里的焦心，给丈夫写了一封勉励的信。这封信走到淮河的时候，任小群正担任一个运土班的班长，并且成了公认的先进分子。妻子的信使他精力更加丰满，他赶紧写了回信，把自己的成绩告诉了王顺英。他的回信同样也变成了王顺英的勤劳和智慧。当沈沟庄北面的山坡意外地出现了蝗虫，王顺英就在党的支部书记的领导下，带头号召打蝗。村里有人说，北山不属沈沟庄，村里人忙，还是让外村人自己去打吧！王顺英说："蝗虫一过，什么都完！北山的地是外村的，外村要遭了灾，咱们就不心疼么？再说，蝗虫不分村，说不定明天就会闯进咱们地里哩！"话音落地，人人响应。王顺英带头从蝗虫的嘴上抢出了二千八百多亩庄稼,被评为妇女模范的第一名。也就在这同一的时间,任小群恰好从淮河上胜利归来;他也得到了个人模范的奖励,并且还带回了他领导的全班模范。当久别的夫妻见面的时候,两个人好一阵都说不出话,只是瞪着四只大眼,一动不动地互相笑望着,恨不得要这么亲密密地直望三天……

  这就是我们祖国的男女,我们时代的平凡的人物。他们是多么幸福!然而,我要说,他们的任何幸福也只是幸福的开头。他们懂得自己的幸福是从斗争中得来,他们要用更大的斗争和劳动去获取更高的幸福。我们看见整个新中国的男女,眼前正投入祖国伟大的五年计划的建设当中,有的甚至还在炮火刚停的朝鲜前线,警卫着和平的事业。我必须告诉我的朋友和同志,当离家万里的中国人民志愿军战士给自己的妻子写信的时候,是如何兴奋地报告着自己的胜利,是如何深厚地表达着正如西蒙诺夫的名诗《等着我》当中所描绘的情意!"等着,当凄凉的雨点,打击着你的心坎。等着,在酷热的盛夏,或当寒风卷着雪堆。"而这些书信,又是如何激动着家中的妻子的劳动热忱!同样地,当妻子频繁地报告家庭和祖国的和平收获的书信到达战士们的手中,又是怎样地使和平的战士更增强了斗争的意志!山西省窑上沟村的徐腊梅,就曾经和在朝鲜前线的丈夫约定,要在抗美援朝彻底胜利以后在北京比功。河北省顺义县河南村的高桂珍，只是一个志愿军战士的未婚妻；她跟她的爱人不断鼓励的书信往来不断，而且她还把自己家里和爱人家里的主要劳动全部承担下来，成为全国闻名的人物。还有河南省郑州市的妇女李景云，在听到参军的丈夫在战斗中残疾了以后，马上向丈夫表示了自己坚定不移的情爱，并且更加紧了自己的劳动和学习……这难道都是什么特殊的人么？当然不是！他们都只是平平常常的普通人。他们只是有着一颗人类的良心，只是怀着一个和平与社会主义的理想。他们眼望着苏联，他们要无限量地追求自己爱情与生活的更高的幸福，他们也就把眼前的劳动看作最大的幸福，并使这幸福的鲜花满地盛开。

伟大的新中国就是由这些幸福的男女组成，伟大的新中国也就是由这些幸福的男女在推向前进。当我们亲爱的国家的第四个十月一日来到的时候，当我们千千万万的男女把伟大的天安门建设得更加美丽的时候，我零乱地写下一些我的同胞的幸福的故事；我感到光荣，我感到我们的生活实在有意义。

为苏联《文学报》作。1953年9月28日夜于北京。

在收获的日子里

今年早春时候,我在华北山地的一个村子里,参加了一次婚礼。结婚的是一对青年团员,是一对为村人们传颂着许多佳话的少男少女。他们经过了不短的一段幸福的恋爱。在他们新婚的第一日,男的忽然问女的道:"你打算怎么样?"问话的意义有些含糊,女的却回答得很明确;她说:"我打算今年要做二百个劳动日!"

"劳动日":如果是在苏联的农民中间,当然是普通的字眼。中国农民把自己的生活和这样的名词联结在一起,还是不很久远的新鲜的事情。

新的中国正在迎接自己诞生的四周年。四年,并不算长。中国农民已经生活在新鲜的收获的日子里,朝向浸透着更大的喜悦的前途。昨天，他们还在为争取一小片土地，流洒着辛酸的血汗。今天，他们不再谈论有没有土地了，谈论的，是土地的产量。过去一亩打二百斤粮食的地，现在要打一千斤。过去没人理睬的荒丘，现在要它变成金子。

再也没有什么神话不能变成现实。一亩水稻或小麦的产量，已经提高两三倍。一个妇女只能抱动三四颗的大白菜，一亩出产到七千六百多斤。必须说明：这只是去年的纪录。去年已经是去年。今年，国家实行五年建设计划的头一年，当然得有更加美丽的神话。

今年二月，我曾在一个名叫王家庄的村子里，向一个刚得到中央农业部奖为"玉米丰产模范"的互助组长张培枝祝贺。这位组长是一个擅长交际的活动分子，但他在我祝贺的时候，忽然腼腆起来，红着脸，回答道："我不行！人家杨喜成的玉米产量，超过我的半倍多哩！我能算什么！"他好像很不好意思。显然，他是在要求自己更大的收成。

张培枝是一个小型互助组的组长，他所说的杨喜成，是一个农业生产合作社的负责人。他们土地产量的悬殊，一方面也说明了小型的互助组不如农业生产合作社。当你在收获季节的早晨，踏过珍珠米粒般的露水，随便跳上一辆去地里的马车，到了村外，你就不能不惊讶地问赶车的："那一层金墙一样的庄稼，是谁家的？啊？另外那一片，怎么长得差那么些？"当然，赶车的会随便答道："这还用问！"也的确不用问。农民们编了一首流行的快板，唱道："个体的不如互助好，合作社又比互助高；要想生活更美好，集体农庄是目标。"你看到的最好的庄稼，如果那里没有集体农庄，就一定是农业生产合作社的。

山西省平顺县有个名叫西沟的村子。那是一个乱石荒山里的偏僻小庄庄。除了山，还是山，连一片稍微大一点的好土地也找不出。现在，山沟可成了富饶的海。在西沟劳动模范李顺达领导的农林畜牧生产合作社里，大谷穗挤得密密麻麻，脖子上戴着铜铃的牛羊，慢腾腾地行走在高山岭上。每天，当山上的铃声响起的时候，西沟村要收到多少从全国各地以及从朝鲜到东欧寄来的热情的书信啊！

偏僻的山庄放出了光芒，辽阔的平原更不会落后。在今年春意正浓的日子里，我行走在北满大森林的边沿上，我到了松江省宁安县团山子村的集体农庄。农庄在去年四月一日由农民们自愿组织起来，庄员有一百三十七户。到去年年底，男劳力有的工作了二百七十个劳动日，女劳力也有做到二百六十个的。每个劳动日分得的粮食，折合八十斤高粱。一个普通庄员的收入，比村子里少数个体农民当中收入最高的一户，也要超过一倍。

让我们再回到山地，拜访一个名叫羊井底村的生产合作社主席武侯利。这位主席是一个不大会说话的老实农民，他常常要拉上他的会计来帮他接待客人的访问。但是，他那一双平凡的手，不仅赢得了粮食的丰产，而且也创造了米丘林式的事业。他曾在一个爱好果木的地主家当过雇工，偷偷地学了一点那个地主不很高明的栽培果木的技术。现在，那一点不高明的技术在他的心灵上发芽、开花、结果，他领导全村育林六千五百亩，植树四万五千株，培接果木四千七百株。把酸枣接成甜枣，把山梨和野桃变成鸭梨和蜜桃。东北的苹果和青岛的葡萄，这些过去村人们从没见过的东西，如今也开始出现在羊井底的山坡上。武侯利和羊井底村人的汗水，把阴暗的荒山变得万紫千红。

西沟、团山子和羊井底，你可以找出几千几万。中国广大的农民，正如朝日一般行走在逐步过渡到社会主义的光明大道上。而他们前进的每一个脚步，又得到工人阶级和国家工作人员的亲切的关怀。我看见机器拖拉机站的工人驾驶着拖拉机，日夜奔驰在团山子集体农庄的田地上。看见国家工作人员和王家庄的农民一道，把山沟里每一汪小小的泉水集合起来，修成水渠，灌溉他们采用本地土专家的耕作法和苏联先进密植法结合起来播种的土地。我还看见农村和城市两只粗壮的大手紧紧地握在一起，这只手把谷物和工业原料放到那只手上，那只手把新式农具、化学肥料和杀虫药剂送到这只手上来……

中国的农民有几万万。他们新鲜的收获的日子，也就是充满幸福的斗争的日子。眼前，在他们当中，还有着广大的个体的小农。小农们同样勤劳、勇敢和充满智慧，同样在为国家和自己创造高额丰产的纪录，同样有大批的丰产者得到国家的奖励。但是，他们暂时还要在合作社外边停一停；他们甚至既不能马上相信先进的密植法，又怕原来的稀植吃亏，就把庄稼种得不稀不密。这当然不是奇怪的事情。在农业社会主义改造的潮水当中，国家对于引导他们参加合作社，采取着最积极的帮助和教育的政策——以最大的热情启发他们，也以最大的耐心等待他们自身的觉悟，而决不允许哪怕是最微小的强迫。并且，如果他们有困难，国家同样贷款；万一碰上天旱，农业合作社还会引上自己的水帮他们浇地。于是，个体的农民时时刻刻被合作社的鲜活的光芒照耀着，时时刻刻人数众多地抛弃自己的长远的旧路，完全自愿地迈进合作社的队伍。于是，农村不断前进，合作化也一天天更加繁荣，更加成了农民心上谁也不能侵犯的事业。河北省阜平县白果园村有一个老头，在经过长期的观望和考虑，参加农业合作社以后，只不过半年光景，每当有人问到他们的合作社好不好，他就总是扬着脑袋，鼓着劲儿，回答道："我活了六十多岁，没跟人吵过半句嘴。哼，谁要是敢说咱们合作社不好，我可非跟他打架不成！"

当然，白果园的老头和所有青春旺盛的中国农民，并不会仅仅满足今天的收获。他们的眼睛，无时无刻不在望着自己的明天，望着伟大苏联的国土。苏联密植法使他们得到好收成，苏联的种马给他们带来了又壮又美的好种畜。他们熟记着苏联农作物产量的纪录和安格林娜的名字，走进农业技术训练班；他们从书籍、画报和电影上，寻找关于苏联的每一件事。因为我到过苏联，我也曾整天地经受过农民们的考问。去年冬天，当参加农民代表团访问苏联的李顺达回国，到各地作报告的时候，我所在的那个村子是多么激动！正值满天冰雪，交通阻塞，天气又已近黄昏；村里选出的男女代表，还是连夜赶四十里路，到县城去听报告。代表们出发了，走远了，村里欢送的人还跟在后边，再三地安顿："你们可得好好听，好好记住！李顺达是给咱们取回宝来哩！你们回来得好好传达啊！"

人们就是这样为生活展开了活动。这又使我想起了去年十月我刚到农村时候看见的一件事情。那时节，北京正召开亚洲及太平洋区域和平会议；我到的那个村子，农民们刚刚极为慎重地挑出了全村喂养得最好的两口大猪，怀着希望各国的和平代表吃得更加健壮的心情，送往北京的会议上。农民们要收获，要明天，也深深理解收获和明天得有和平来保证。不久以前,青年妇女申纪兰——西沟村李顺达生产合作社的副主席,就曾为了和平,代表中国的农妇,出席了在哥本哈根召开的世界妇女大会。而在广大平原和山地的每一个村子,差不多都派遣了他们优秀的儿女,参加中国人民志愿军,在朝鲜前线保卫着家乡的收获。家乡在寄往前线的信上,说道:"要粮就送,要人就走!一定要打败侵略者!"家乡更在热火朝天的生产竞赛里,把街道收拾得干干净净,把儿童送上学校,成年人并且也在向文化进攻。今年早春我在华北山区参加的那个婚礼上,看到那一对亲爱的人儿交换的礼物,有多彩的花布,也有上海工人做的钢笔和口琴;有胶底的运动鞋,也有封面印着天安门图案的笔记本。他们的婚礼惊动了远近,当成百的人穿着彩色的盛装,在新婚的头一夜去闹他们的新房的时候,新人们忽然竟敢违反民间千百年的习俗,拒绝了这一个欢乐的场面,他们说:"今天晚上我们要上文化课,请大家改日再来!"在场的文化教员也拗不过他们坚持学习的真诚,终于照常上课。闹新房的人们原谅了他们,并偷偷约定第二天大早再来闹。但是,第二天大早,人们闯进新房,却又扑了个空;两个新人比谁都更早地出发参加生产合作社修水渠的工作去了。这有什么办法!一个人人盼望的喜庆场面,竟不得不推迟了好些天,才找到机会,闹了个彻底欢。

我参加了这个彻底欢腾的闹新房,我永难忘却那个美丽的场景。不知道那一对新婚夫妇现在在做什么?他们的收成怎么样?他们为迎接国庆和即将到来的新中国第一个普选置办的新装,是不是已经做好了?我是多么想念着他们啊!

我还想念一切生活在和平的日子里的农民,想念着他们创造新纪录的收获。我知道,他们会收获得更多,他们的一切都会更好。他们的血汗,已经写进了朝鲜反侵略战争的胜利的史册。他们的劳动,已经使国庆前夕的天安门更加美丽和庄严。

为苏联《真理报》作。1953 年 8 月 28 日于北京。

春节寄志愿军

春节随着春天来到。北京刚下过雪,傍晚,雪化了,人们一群群涌进百货公司,给小孩买糖果买海军装,给爱人量花布。每一条大街,每一天不知道要走过多少欢乐的人们。几天以前,当我还在农村的时候,我看到的也是同样的情景。通过各个集镇和无数的初级市场,有多少新的围嘴戴到了农村小孩的身上,有多少农村妇女,在春节穿上了花布缝制的衣裳。山西黎城县王家庄农业生产合作社的二十七户社员,就在一个小型的物资交流会上,拿出了价值三百八十元的粮食,购买了各种日用的工业品。农村和北京一样;北京的人们是幸福的;我们的首都,我们祖国的幸福的心脏,通过自己的血管组织,也把幸福带给了祖国的每一个角落,每一个人。

"身在福中不知福"——这是一句老话。老话反映不了新的人民的心情。我们的人民深深知道自己幸福的昨天，更知道从劳动上把自己的幸福创造得更加美丽。而且，给小孩买糖果和围嘴的劳动者，谁不是首先要用尽心思，挑几样好东西，买回去装在慰问袋里，寄往朝鲜啊！人民志愿军战士董声岐同志！我到过山西黎城王家庄村西北角上你的家，你家里三亩六分谷地，去年由农业生产合作社代耕，每亩打下了六二九斤白柳沙谷子！你知道，你们那里过去谷地的最高产量，每亩才到二八〇斤，一九五一年丰产，也不过三一一斤呢！你写信叫你父亲尽可能多劳动，不要加重群众的负担。亲爱的同志，你不用惦记！你的父亲董善庆老人家，是农业生产合作社的好社员，他老人家又结实精神又好，脸上整天笑得像花。

志愿军同志们！在农村，像董善庆这样的老人家多得很，像董声岐同志家谷地的产量，更不是个别的。去年一年，人们响应毛主席"增加生产，厉行节约，以支持中国人民志愿军"的号召，提高土地的单位面积产量，王家庄农业生产合作社十三亩半金皇后玉米丰产地，每亩产到一六〇二斤九两，超过前年每亩平均产三五〇斤的三倍半！但这还并不是最高的产量，山西还有屯留县每亩一七五二斤的玉米，有武乡县每亩一四五七斤的谷和每亩七三二斤的小麦。缴公粮的时候,哪一村不是一天完成,哪一村缴上去的数目不超过任务!而且,去年冬天,有多少人家感到粮食囤子不够用,催供销合作社快买,有多少妇女在搬着二十四斤一个的南瓜和十二斤一个的白萝卜的时候,要一边笑着一边埋怨:"丰产丰产!真不怕累坏了人!这谁可搬动了啊!"

人们对这样的产量,并没有满足。人们说:"苏联一亩玉米产二千八百斤哩!"又说:"咱志愿军干了多少大事!咱们这就能行?"人们手种着自己的地,眼望着苏联的集体农庄,心想着志愿军的英雄事迹,要把农村飞快地推向社会主义。人们坚强地组织起来,山西长治专区十六个县一个市,就有百分之八十八的劳力组织到了几万个互助组里和一千多个农业生产合作社里。去年秋天,长治附近关村、南垂、王村、捉马四个村的九二〇户农民,还带着他们一六六〇亩地,参加进他们自己成立的"中苏友好集体农庄"里。人们学习苏联的先进经验,在庄稼地里实行密植和因地施肥。人们把粮食和棉花送进城,把新式农具和拌种用的王铜带回村;把牲口牵到配种站去跟苏联的种畜配种,把山坡荒地栽植成花椒林和苹果林。

人们定出了五年、一年和最近一季的生产计划。为了完成和超过计划,人们并且推翻了"一年之计在于春"这句老话，把一九五二年冬天变成了一九五三年生产的第一季。平顺的李顺达和郭玉恩，以及长治地区许多久经考验的村干部，他们领着曾随大军南下过一年的民兵，领着十八岁的姑娘和经验丰富的老汉，踏着雪，迎着风，走遍他们村的每一寸山坡，勘察着每一块石头每一根草，挖掘一切生产上的潜在力。他们把每亩沙土地垫上三百担红土，把红土地垫上三百担沙土，把坡地起高垫低，把滩地里切外垫；他们给农业生产合作社社员的小块地连成大片，他们打井开渠，从石头里找出水来。黎城王家庄的土地从没浇过水，人喝的也是一池臭水，水缺碘，村里不知有多少人脖子长得老粗；去年春天，村子就在农业生产合作社社长董桃气、董泮堂和岳礼存的领导下，把后山一点一滴的水集合起来，修成了一道一百九十八丈长的水渠，还打了五个活水井、六个蓄水池和三十八个卧牛坑；村东一个二十多年没掏过的沤麻池，也掏了一次，掏出三万多担好黑土，这些黑土一半垫圈做了好肥，另一半把二十一亩坏地变成了好地。村里去年有四二一亩地第一次享受到了水浇，那新开的渠，在村里还是走的暗水道，村当间高低不平的石头街，也在修渠时候重新翻铺了一次；街平了，清凌凌的渠水在街石下边流着，每隔不远开一个井口，吃水用水，使碗就能从井口舀上来。村里卫生工作跟着展开，粗脖子病也将一去不回头了！而他们还在前进，最近他们又打了三十眼旱井。冬天，打井，开渠，改良土壤，把冰雪担到地里，把开春以后盖房用的木头、土坯和砖准备起来：人们把这一切叫作基本建设。一冬的基本建设，决定着来年一年的丰产；冬闲成了过去的事，人们说："一年之计在于冬！"

是的，一年之计在于冬。冬天不仅进行基本建设，还要进行思想建设。共产党员在学习党员标准的八项条件，农业生产合作社员在作全年的鉴定；王家庄的董献堂和范恩芝，在青年团支部大会上激烈地争论问题，但他俩是一对好夫妇，两个好团员。速成识字法在王家庄扫除了五十二个文盲，因为成绩好，得到了华北行政委员会的奖励；现在，老班在巩固，新班在突击生字，全村二〇五户，订了各种书报五十份，零买的小册子还有好多。青年们公开谈恋爱，王家庄一冬天自由结婚和订婚的就有八对。民兵在翻单杠、跳木马、打篮球，在擦枪练武。口琴和集体舞开始下乡了，农民也有了新式接产箱和医疗所。共产党员，青年团员，还有中苏友好协会会员和农业生产合作社社员，这些光荣的称号，人们都看成生命的目标，争取着至少要够得上其中一两个称号。

农村，祖国的农村，是怎样地在飞在跑啊！每一个人，每一寸土，都在抗美援朝和祖国大规模建设当中更好地尽着自己的责任。而中国人民志愿军的名字，也成了推动农村前进的条件之一。王家庄去年修渠，有人说："千年万辈没人给村里闹下过一滴水，偏你们农业社就能？"后来渠道要过一道石墙，又有人说："水就能上墙？嘿嘿，妄想！"人们回答道："如今有共产党毛主席，有苏联，千年万辈没有过的事多着哩！""咱们志愿军能打败美帝国主义，咱们就能叫水上墙！"在民校课堂上，在爱国检查日的会场上，你们的事迹，产生着多大的力量啊！当你们在上甘岭前线打了胜仗的消息写在农村黑板报上的时候，当英雄黄继光烈士的事迹通过农村广播筒传出来的时候，不论是老人们、姑娘们或是干部们，简直都高兴得好像在欢度最重要的节日。至于青年，无数无数地要求：到朝鲜去；有的青年要求过几次而始终没被马上批准，就给自己安上了一个名字，叫作"在乡志愿军"。听到美国无耻地阴谋推翻停战谈判，妄想扩大侵朝战争，他们就坚决地表示："它要胆敢冒险，咱们抬起腿就去！"

在朝鲜的志愿军同志！我刚从山西农村回来，我能写给你们的，却只有这么一点点，比起活鲜鲜的现实，我的确写得太少了。但作为一个文艺工作者，在祖国欢度春节的时候，我感到向你们报告一点情况，是我的责任。我还要到农村去，我将再向你们报告情况，希望我以后能向你们说得多一些，说得好一些。

1953年2月17日于北京。

掀动历史的日子

一九五六年一月十五日,这是一个掀动历史的日子。这一天,在我国首都的天安门前,北京的二十多万市民,用红旗和红色的报喜牌,把广阔的天空织成了火焰一般的大海。我们的毛主席来到了天安门的城楼,来到了火焰般大海的上面。二十多万首都人民喊出了一个声音:我们首都的社会主义改造走在了全国的最前面,取得了开天辟地以来的最伟大的胜利!紧跟着,是一阵阵更炽烈的欢呼。而庆祝联欢大会上北京市民的声音,用不着广播电台,马上就会从天安门前广阔的天空,响遍全中国和全世界。

人们都在交相谈论:"真快啊!"是的,是快。一眨眼的工夫,北京就全面取得了农业的完全社会主义改造、手工业合作化和私营工商业社会主义改造的胜利。同样，全中国人民的脚步也正和北京一般地勇往直前。但是，这并不是快，这是伟大的中国人民在共产党领导下的正常前进的步伐。这个步伐由为社会主义工业化而献出一切的工人阶级领头，这个步伐就是要创造世界上最美好的事物——社会主义。只要我们的人民认为什么是最美好的事物，我们就可以创造什么。我们全国人民也会在很快就要到来的一刻，和今天的北京一样，并且跟今天的北京一道，走上更加美好的日子。而我们每一个人的责任，不仅是要赶上国家和人民瞬息万变的前进的步伐，并且还要使我们整个国家和人民的社会主义脚步走得更快一些。

人民——历史的创造者。在工人阶级的领导下，让我们把整个世界历史前进的正常步伐加快起来。

1956年1月16日夜于北京。

十月——日出的节日

我曾在一次旅行当中,在黎明之前攀登到高山顶上,翘首望着远处的海洋,和旅伴们一道急迫而又兴奋地等待着迎接日出的奇景。而最近这几天,我感觉到全体进步人类也正怀着迎接日出的心情,在自己的旅途迎接着第三十八个十月革命节。我们中国人的心情就正是这样。我们迎接这个节日的准备,也许还要更早一些。我们是在欢度自己的十月一日国庆的时候,就马上想起了苏维埃的日出节日的。这并不是由于我们两国的国庆恰好都以十月为标志,因而容易引起我们偶然的联想;这是由于如果没有苏联人民的十月,那我们的十月一日就将会是不可想象的事情。

早在一个月以前,在十月一日的下午,当我在有着苏尔科夫同志和卓娅的母亲参加的天安门前的观礼台度过节日盛典，回到家里的时候，我又一次翻出了四年前我在苏联参观的日子记下的两本笔记。我是为了拿我上午在游行队伍中看到的我国人民生产成绩的数字，来跟笔记本上某几项我在苏联看到的生产成绩数字作比较。当时比较过的数字，现在已经忘记了。但是，另外一些远不是数字所能说明的印象，却直到现在还在引动着我奔腾的感情。

在一九五一年十一月二十四日的晚间，我曾经在斯大林格勒红十月冶金工厂压延工人特洛希尼的家里，听到他止不住欢愉地告诉我，说他因为优异的生产成绩，在那天早晨刚刚得到列宁勋章。在那次访问以后的不几天，我曾经在阿塞拜疆蔡特金集体农庄庄员哈拉疆的家里，看到他正在阅读的达尔文和米丘林的著作。我当时在笔记本上写着：当我在特洛希尼家中欢度着美丽的夜晚的时候，不知道有多少西方国家的工人正被工厂辞退回家，和妻儿们相对哭泣；当我在哈拉疆家中翻看他的米丘林著作的时候，不知道有多少西方人正在阅读美国出版的歌颂杀人的连环画，而殖民地的亿万文盲甚至还根本想象不到书本是怎么回事情……

现在，四年过去了。西方的工人依然在失业，美国的连环画上也依然在杀人。但是，我那两个有些陈旧了的笔记本，尽管我仍然像宝贝一样地保存着并且还要不时地翻阅，那上面记录着的却早已变成了历史的陈迹。记得在我访问特洛希尼快要结束的时候，他曾经直竖着胳膊告诉过我："如果你们明年能够再来，你们一定会看到我们的成绩像直升机那样升到了更高的天空！"特洛希尼的话说得多么好！西方人关于直升机的意义不过标志着战争，苏联人却以它的形象来描写自己生产成绩上升的信心和希望。而事实也正如特洛希尼所说的那样。当我访问特洛希尼的时候，就在他门前不远的那个五海通航的伏尔加河－顿河运河不还是正在建设中么？在另一个地区的卡霍夫卡发电站不也还是刚动工不久么？如今，这一切早都以直升机上升的速度——而不是以斜线上升的速度完成，甚至在当时还没有听说过的许多事物也早已变成了现实——我指的是地球上第一个原子能发电站投入生产，是苏联青年开垦荒地的进军；是苏联农业展览会，是尼古拉耶娃新的中篇小说里所描写的娜斯塔霞·柯夫莎娃完成的那些事业，以及更多的为我所不知道的惊人的事业。至于特洛希尼，不用说，他的成绩一定飞上了更高的天空。我并且还相信蔡特金集体农庄的果园的出品，一定超过了四年前一公顷收获八千斤葡萄的数目；相信哈拉疆的书架上，一定添置了关于原子能用于和平建设的图书；相信莫斯科小汽车工厂里我曾看到过的那如流水一般出厂的产品，现在出厂的流速又有了更大的提高；我甚至还感觉到，有名的小白桦歌舞团最近在中国演出的天鹅舞，也要比四年前我在莫斯科看到过的更为美丽。

不过，我想在这个十月的节日告诉苏联朋友的，并不只是上面那些历史的和现实的印象。我还要迫不及待地写下一些我的祖国的点滴面貌，写下一些我们中国人也正以直升机上升的速度从事和平建设的情形。我们的第一个汽车厂和拖拉机厂都早已开工，我们治理黄河的长跑也已从起跑点出发；北京的青年团员也出发到了黑龙江开垦荒地，在不久以前召开的我国青年社会主义积极分子大会上，我们也看到了中国的娜斯塔霞·柯夫莎娃。我们广大的农村正在出现二十多年前苏联那样的合作化高潮，而米丘林的实践者也正在我国土地上夜以继日地创造着甘甜的果实……

我不善于含蓄，我要重复地说，我们祖国建设的胜利是发源于十月革命节，发源于十一月七日这个日出的时光。当然，我们的胜利更由于我们中国人民是伟大的人民；但是，我们人民的伟大，也不过和苏联人民一样，是因为怀抱着一个要像直升机上升那样追求和平幸福的理想。而这难道仅只是中苏人民和我们兄弟国家人民的理想么？难道印度和埃及的人民以及美洲和澳洲的人民，不也都是生活在这样的理想当中的么？人民的理想——这就是将要不可抗拒地到来的现实。地球上最近三十八年的生活，就正是按照以十月革命为标志的普通人的理想走过来，而不是按照美国连环画上歌颂的原子弹杀人的疯狂妄想走过来的。我再一次翻开我那两本有些陈旧了的访苏笔记，我发现那上面记录的已被苏联的现实超过了的奇迹，倒并没有完全成为历史；那些奇迹正先后出现在东欧和中国，并将要出现在地球上更广阔的领域，一直到出现在苏联科学家正在进行研究的南北两极地方。十一月七日——这是日出的节日。日出以后，光芒照耀的地方绝不会只是某几个角落，而是全人类和全地球。

为苏联《文学报》作。1955年10月30日于北京。

最大的拥护和最高的责任

六月十五日。天明的时候，就听到了从扩音器里放送出来的宪法草案的全文。上午，当送报的邮递员敲门敲得特别响，喊"报！"的声音也喊得特别高的时候，我们满怀感谢地欢迎着自己每天见面的好战友，从他的手上激动地接过报来。下午一点钟和七点钟，看见窗外不远的基本建设工地的旁边，聚集着一组一组的工人在讨论宪法草案，我们又不能不再三地摊开当天的日报。

在这样的欢欣的日子，我想起了十多年前在敌后解放区中国共产党和人民政府公布临时施政纲领时候的一些情景。每一个村庄的农民都要把全村最大最显目的墙壁刷上白灰，找出全村写字写得最好的人，把施政纲领写上去。农民们管那个纲领叫"咱们这个解放区的总章程","咱们自己争取来的总条领";老年农民甚至管那叫"咱们解放区的天书"。农民们在多少个夜晚,在民校里学习那个纲领;许多人并且把自己家庭里独特的问题提出来,根据纲领讨论解决的办法。当然,现在不是十多年前;我们国家现在公布的宪法草案,更是过去个别解放区早已完成了自身的任务的临时施政纲领所完全不能比拟。现在的宪法草案,第一次全面总结了我国人民百多年来革命的成果,并且指出了我们国家逐步过渡到社会主义的路程;现在的宪法草案,是毛主席亲自参加制定的我们国家的第一个根本大法。不过,当我想起了十多年前那些和今天的宪法草案并无关联的景况,我不禁看到了我们几万万人民热烈拥护自己第一个宪法草案的伟大的情绪。这是惊天动地的前进的情绪,是要使我们人民的一切好的品质得到更大的发扬的情绪。这种情绪将使我们行走得更稳更快,将使巩固和平的事业获得的保证更加坚强。

这种情绪不仅使我们对宪法草案表示着最大的拥护与欢欣,同时也使我们感受到一个光荣的严重的责任——每一个人都会要从自己的岗位认识到的责任。作为文艺工作者,我们认识到宪法草案的每一个字句,都将是全国人民的力量的源泉;我们更因为宪法草案规定了国家保障、鼓励和帮助文学艺术的各种活动,而感到最大的光荣和最高的责任。宪法草案全面总结了的人民革命的成果与今后前进的步伐，使得我们的眼界更加宽阔，信心更加坚强；宪法草案难道不是也庄严地代表了党、政府和人民的希望，向我们提出了发展与繁荣文学艺术事业的要求么？

我不能恰当地说出自己对于国家第一个宪法草案热烈拥护的心情。我和每一个人的心情一样。我更从自己的岗位上感觉到：我们最大的拥护和最高的责任的标志，必须是通过刻苦的努力的劳动，使我们的事业逐步达到灿烂与繁荣。

1954年6月17日半夜于北京郊外。

向母亲们致敬

一月十二日的《人民日报》上,有一条消息说:一个美国兵的母亲、五十三岁的吉陵罕夫人,因为对她在侵朝战场上的儿子的安全担忧与失望,悲愤地自杀了。

这位母亲的行为,是容易被人理解与同情的。

哪一位母亲能不为自己儿女的不幸而担忧?哪一位母亲能不爱自己的儿女?孩子是娘身上掉下的肉!母亲们的养儿育女,从有人类的那一天起,就是历史上永远放着光辉的、比一切都更可宝贵的劳绩啊!

而这种劳绩,在战争的年代,更树立着无数超越一切的丰碑。

我忘不了我们在敌人后方与日寇、与美蒋坚持斗争的日子里的母亲们。敌人把我们逼到狭小的山沟,山沟里从没有过地图上标明的大道,我们只能把羊群爬过的地方当作大道。然而这样的山沟,敌人也决不放松"清剿"和"扫荡",敌人闯进去,把兽兵们撒得个满山遍野,要踏遍我们每一分土、每一粒沙、每一块石头。我们每一个人起来战斗,母亲们也不例外。她们一样地侦察、转移、作战,她们并且还要做饭、带孩子。她们有时候甚至是经常地要在冷风透骨的大山上,在狼群出没的窝洞旁边,在雨雪交加的黑夜,在听得见兽兵跑动、看得见炮火乱飞的情景下,在二三尺高的、石骨嶙嶙的山涧内和岩膛里,降生她们新的婴儿,并且是经常没有接生的,甚至连包住刚生小孩的草也找不到。我们热河承德县柴河川窄道子村,曾经长期地被敌人毁成了"无人区",村里的好汉赵春,始终坚持斗争,不进敌人指定的"人圈",宁愿在山野里与狼群为邻;一年冬天,赵春的儿媳妇就在山洞里生了个小孩,洞里到处是冰,她只好站在冰上把小孩产下。小孩的爷爷给这个小孙孙取了个名字,就叫"站冰"。

我们敌人后方平原上的母亲们,也和山地的一样。平原一望无边,到处是车行马走的大道。敌人"扫荡"平原的策略,是把兽兵们布下"天罗地网":那兽兵像蝗虫飞卷,遮天蔽日;那兽兵往来"剔抉",叫什么"梳篦战术",企图丝毫不漏地将我们全部毁灭。我们人民连大山上岩膛似的战斗和掩护地点也找不到，只好挖出地道，钻到地底下去，母亲们也是这样。是的，地道战，我们打死过无数的敌人，坚持并发展了我们民族无比的光荣；然而地道里的生活是不舒服的，母亲们尤其不舒服。地道里那样阴暗，分不出昼夜，潮得水湿淋淋，吃喝拉没有办法，空气也不够用……母亲们也和男人一样，在里边和敌人战斗，在里边烧水做饭，在里边把一个劲啼哭、不断闹病的孩子们照顾得完完好好，而且，也在里边降生着新的婴儿……在我们冀中平原上，有多少小孩，因为这，取名叫作"地道""地洞"，叫作"藏娃"啊！

母亲们是辛劳苦难的。每一个母亲都热爱儿女，甚至自己的孩子走路绊了一下什么，母亲也会心疼：这种感情，完全是应该的，而且是崇高神圣的。那个美国的吉陵罕夫人，抚养她的儿子，忍受的艰难，当然不能与我们敌后战争中的母亲相比于万一；但是，她为她的儿子也付出了自己的心血，这是和我们战争中的母亲们一样的。因此，她的自杀，能够使我们理解，能够激起我们深厚的同情。然而，我们的母亲和吉陵罕夫人完全不同，我们从没有为儿女的安全担忧而自杀的，就是在战争中失掉了儿女的千万母亲，也从没有因为伤心苦痛而自杀的！

我们的母亲，曾经身历祖国的灾难和战争的残酷，每天都要亲眼看见不少儿女的牺牲，她们却没有被吓倒和失望。她们把自己的儿女亲手交给毛主席，交给祖国，交给人民解放军，鼓励儿女们勇敢作战，鼓励儿女们过黄河、渡长江、跋涉新疆大戈壁、翻越西藏高原、准备解放台湾、志愿参军去朝鲜。多少母亲三年五年十年甚至二十年得不到儿子的音讯，多少母亲因为这而想念得四十多岁就白发满头！她们不会被吓倒，不会失望，更不会想起什么自杀。她们只会战斗得更坚强，只会光荣而骄傲地把自己第二个第三个儿子送上前线。如果儿子牺牲了，她们只会因儿子的牺牲而意志更坚定。李秀真，戎冠秀，这两位农民妇女，正是我们崇高的母亲的典型，她们的名字，正是我们千千万万母亲的名字。

我很惭愧地忘记了这样一位母亲的名字。这个母亲在日寇的兽兵紧紧追迫、敌机来回威胁的情景下，一手抱着一个亲生的小孩，一手抱着一个衣服包，往山沟转移，跑得实在精疲力竭，她在路过一口井时，便把衣服包丢下井去，抱着孩子往前面赶。后来，母亲忽然发现：自己抱的只是个衣服包，孩子，孩子被慌乱地当作包裹丢下井去了。这位母亲好哭啊！然而，哭了一阵，她擦干眼泪，找着自己另一个长大了的孩子，送他参加了八路军；她自己，从此也更积极地担负起抗日的工作。

我们还有无数无数的母亲，在战争中英勇牺牲。她们牺牲得有价值，她们的后面，更多的儿女和母亲，更英勇地战斗起来。抗战时期，我们冀中八路军回民支队长马本斋的母亲，被日寇抓去了，日寇要她说出部队的驻地，要她劝儿子投降，她鼓着全身力量，用嘴用手用脚，用她整个的心，破口大骂，绝食，拒绝会见任何敌伪分子，惊天动地地壮烈殉难。马老太太也是我们民族的母亲的代表，她们爱儿女，为儿女担忧，然而她们更以自己坚强的行动，来教育儿女，给儿女以榜样。

我们的母亲，和吉陵罕夫人是多么地不同啊！这不同，并没有什么奥妙的道理。我们的母亲和吉陵罕夫人是一样地爱儿女，然而，日寇、蒋介石、美帝国主义，却迫得我们的母亲和儿女遭灾受难，不得安生，我们为了生存，只有起来战斗，为了更早地安生，只有战斗得更勇敢顽强！我们是为自己而战，为孩子和母亲而战，为和平而战！我们的战斗，曾经把多少儿童妇女救出火坑！我们的母亲，在山沟岩膛和平原地道保护儿童、降生婴儿的时候，敌人到了眼前，我们的部队和民兵就为了掩护她们，英勇地冲上去，不惜牺牲，把敌人打退。我们战争的果实，就是母亲和孩子、民族和人民的幸福。吉陵罕夫人，她可为了什么啊！没有人跑到美国进攻、去伤害美国的母子，只是杜邦、摩根、杜鲁门那么几个人，为了自己的大肚皮强迫吉陵罕夫人们的儿子去朝鲜、去台湾、去西欧送死，她们的儿子是为别人而战，她们离别子女的牺牲也是为了别人，为了统治和压迫她们的人；她们在战争中，除了死亡和毁灭，得不到任何东西。

看吧！当我们刚刚争来了一个新中国，美帝国主义又侵略台湾、进攻朝鲜、妄想火烧我们的时候，我们为了抗美援朝，为了解放台湾，为了巩固国防，为了妇女儿童和人民的幸福，我们志愿参军和参加国防建设的热潮，是怎样地惊天动地！我们的母亲们，在这个热潮当中，又是怎样地神圣和崇高！我从报纸上看到上海成衣业工人潘漱萼的母亲让儿子报名，看到北京市立四中学生徐金柱弟兄三人都报名参加军干学校，他俩的母亲赵毅写信给他们说："我因为你弟兄三人都报名而感到光荣，这是新中国的好男儿的英雄气概。"天津广东中学青年团员朱怡新的母亲朱丽贞在女儿报名以后说："我是疼孩子的；但是美帝这样发疯，没国就没家，我应该坚决叫她去保卫咱们的胜利果实。"天津的田增顺说："我是老粗，实话实说好了。我的孩子参军，不是我鼓励的，也不是他自己愿意的，而是亡国奴的罪逼着他去的。"……这样的事实太多了太多了！而这，就是我们的母亲，就是我们的民族和人民，就是我们的新中国和毛主席！

并且，这还不只是我们的母亲和我们的祖国。正像伟大的俄罗斯有了高尔基《母亲》里伯惠尔的母亲，有了法捷耶夫《青年近卫军》里奥列格的母亲，因而有了苏联，有了世界和平的保障一样，我们的母亲，同样也保障了我们祖国的胜利，保障了全人类全世界的和平。

并且，也像苏联和我们崇高的母亲一样，在今天，全世界白人的黑人的各色人种的母亲们，都纷纷地站立起来，为反抗美帝、争取生存而战斗了！朝鲜一个母亲，背着自己被美国枪弹打死的孩子走来走去，自己不知道孩子死了，别人也不忍告诉她；当她解下孩子喂奶，发现孩子死了时，她毅然地参加了游击队。美国的母亲也同样在为反对战争保障和平而战，去年十二月二日塔斯社纽约消息，报道了一位美国母亲的话：她说她的儿子在第二次世界大战中曾经作战了三年半，当时她希望她能够有二十个儿子献给对法西斯主义的战争。她说：她还记得当苏联士兵和美国士兵在欧洲会面的时候，他俩怎样地彼此拥抱在一起，全世界又是怎样地希望不再有另一次这样的战争。然而，她说：美国统治者都关心着牟利，而不关心保持和平，现在他们正在准备着新的战争。因此，她和千百美国母亲一道，起来坚决反对杜鲁门政府的侵略战争。

是的，母亲们都懂得了：为了儿女和自己，必须反对侵略战争，懂得了和平不能等待，必须用行动争取。就是在美国，吉陵罕夫人虽然值得同情，虽然她的自杀也正打击了华尔街的巨头,但更多的母亲却不会走她的路,而是像那个愿意献出二十个儿子给反法西斯战争的母亲一样,采取了战斗的行动。

向母亲们致敬!辛劳苦难神圣崇高的母亲,是祖国光荣的代表,是人类光荣的典范!而我们祖国的儿女和母亲,更勇敢起来吧!为了自己,为了祖国,为了人类的和平,勇敢地行动啊!

1951年1月15日半夜于北京。

我看麦克阿瑟

　　麦克阿瑟从老远老远的美洲，横渡太平洋，跑到日本住下，已经四五年了。

　　这样长的时间，他都干了些什么事情？想来该是忙得很的吧！然而，据说他奔忙的结果，所得的报偿并不很好，因为，最近他正在大嚷，说他的工作受到了"侵略"！

　　谁"侵略"他？他派兵打北朝鲜，派兵占我们台湾，轰炸我们东北和山东，还指挥他在朝鲜的部队，向我们东北边境挺进。朝鲜人民起而抗战，我国人民也愤怒得纷纷志愿参军援朝卫国，并和朝鲜人民军一道，刚开始揍了麦克阿瑟两下。于是他大喊大叫，向联合国作了个长篇书面报告，"控诉中华人民共和国"，说是我们"侵略"和"干涉"朝鲜，他的工作受到了"侵略"了。

既是"控诉",自然是使他感到不痛快的。不过我倒想起了另外一件事,这也是他麦克阿瑟干的:这半年多来,他从监狱里释放了一百多个日本法西斯战犯。

释放战犯,一次又一次,而且达到一百多个,这该是使麦克阿瑟感到痛快的吧!

但被释放的战犯是什么人?谁都知道是杀人的人。日本法西斯战犯杀过多少人?这我说不清楚,不过我能说出一个部分的数目。

几年前,我做过些统计工作,知道日本法西斯战犯,八年来在我们过去的晋察冀敌后根据地,共杀害我同胞一百零六万,由于烧杀掠夺而流离失所无衣无食的,光冀热辽就将近二百万,冀热辽八年被毁房屋六百七十余万户。日本战犯在华北"创造"的所谓"无人区",仅在热河西部承德、滦平、兴隆、青龙、平泉、建平六县,就达三千四百六十二万平方公里,几占这六县总面积的百分之十,相等于欧洲卢森堡一类的小国。那时那里的农民,被迫丢开热爱的土地,遗弃成熟的庄稼,拖儿带女,集中到敌人指定的地点,修筑囚禁自己的围墙,然后把自己囚禁住。多少良田变成了荒野!千里没人烟,草长人来深,家鸡家狗家猪没被带进"人圈"的,变成了野鸡野狗野猪,见人就飞就跑……日本法西斯企图毁灭中国，把中国拉回几千年前去！

这是日本法西斯对我们欠下的一笔血债，现在账还没算，债还没还，麦克阿瑟却在痛痛快快地释放日本法西斯战犯！而且，为了算账还债和惩罚日本法西斯的"对日和约"，拖了好几年，现在麦克阿瑟们，也正悄悄地施展阴谋，妄想撇开我们，私自签订！

事实还不止这些。日本投降，我们胜利以后，也正是麦克阿瑟们，帮助蒋介石，大大继承并发扬日本法西斯的传统，发动了对我们人民的大进攻和大屠杀。我手边有这样一个数目：从一九四五年底到一九四六年初，半年内美蒋就在我们东北杀害三十万人，迫使一百五十万人流离失所，毁房屋三十万户。这同样是一笔血债！而且，把这个"半年"和上面的"八年"比较一下，谁也会看到：美蒋的"功绩"，实在还是"青出于蓝"的！

今天，一切刚刚过去，我们把麦克阿瑟们的帝国主义美国和蒋介石赶出了中国大陆，正准备解放台湾，最后和蒋介石总算血债。同时，在我们解放了的土地上，我们也正从血泊里开始了恢复和建设：我们"无人区"人民回了家，"野鸡""野狗""野猪"进了圈，草没了，庄稼绿了，工厂矿山牧场，一切都在春风里发芽、滋长、繁荣、美丽。而正在这个时候，麦克阿瑟释放战犯还感不够，又正式派兵遣将，占领我们台湾，屠杀我们的邻邦战友朝鲜，矛头直指鸭绿江上，野心勃勃地还企图从越南伸进爪子来！多么美妙的心思！麦克阿瑟像吹泡泡一样，大吹着帮助蒋介石"反攻中国大陆，消灭中共"！

难道我们的人被日本法西斯、美帝国主义和蒋介石杀得还不够么？难道我们还愿意遍地是"无人区"，让家养的鸡狗猪羊倒跑回去变成野兽么？告诉你，麦克阿瑟，我们的回答只有两个字：决不！也就正是这两个字，激起了我们风暴一般的志愿参军援朝的怒潮！这是我们救人自救、保家卫国的正义行动！更明确些说，这是我们为了消灭你麦克阿瑟杀人罪行的行动！这是我们为了争取美丽繁荣的和平的行动！而你，胆敢污蔑我们的行动为"侵略"，这丝毫没有别的意思，不过正如我们政府所声明的、苏联代表马立克在联合国安理会所引述的那样，只是彻头彻尾地"歪曲事实，颠倒是非，装腔作势，借以吓人"。

麦克阿瑟尽管会颠倒黑白，不过总还是长了耳朵和眼睛的吧！那么，请你听听看看！为了反对你和你的美国的反动战争，保卫世界和平，我们中国已经有两亿二千三百多万人在和平宣言上签名，全世界签名的有五亿多，就连被你们用各种武器压制着的美国人民，签名的也有二百多万！麦克阿瑟！这样多的人，今天正从华沙发出一个声音：他们都同情和支援我们的行动呀！如果我们是"侵略"，那这样多的人岂不也都是"侵略"么？还有法斯特和罗伯逊，他们虽然生长在有着制造各种武器的兵工厂的美国，他们自己却没有任何杀人的武器，只不过一个有支笔，一个有个唱歌的嗓子；他们也是同情和支持我们的行动的！而你们却连他们出来参加一个和平大会也不让！莫非他们写字的笔和唱歌的嗓子，也成了"侵略"么？你麦克阿瑟如果真有点本领，那你说我们"侵略"的"控诉"，为什么只敢在你们喂养着大批奴才的联合国里叫嚷呢？为什么不为"控诉"我们的"侵略"，也发动一个签名呢？你试试吧！连你们所有的奴才、你释放的战犯，以及你们所喂的哈巴狗都一起算上，看看你们能闹到个什么数目！

真理只有一个。麦克阿瑟污蔑我们"侵略"的一句话，是掩盖不住什么的，相反，这句话正好给他自己释放战犯、屠杀人民、进攻朝鲜和我们中国、企图控制整个亚洲的一连串行为，作了个完整无缺的总结：他自己是个十足的侵略者，是远东和亚洲的主要战争罪犯！因此，我国和平大会主席郭沫若代表全国人民在二届世界和平大会上提出的建议之一：要求宣布麦克阿瑟为战争挑拨者，这是完全正义的要求。而二届和平大会上业已设立的"侵略概念定义委员会"，也一定会把为麦克阿瑟们所颠倒的黑白翻转过来，而把真理和正义，像太阳光一样遍照全世界的。

此外，还有几句话似乎也应该说说。

麦克阿瑟看来是个"气势很大"的"人物"。你看他住在日本，说话做事，总是一巴掌就要抓住整个远东和整个亚洲的。今天他在朝鲜指挥着所谓"联合国"的部队，他有着质量"好"得不行、数量"多"得不行的各种武器，他难道还会有什么不"成功"的事么？然而，他却突然变得那么"可怜"，那么需要人"同情"似的：他竟"控诉"起"侵略"来了！而且这"侵略"者竟是麦克阿瑟的美国自由横行了多年的中国！中国人在美国，不是连坐火车也不能和美国人一个车厢，只能和所谓黑奴坐在一起的么？而中国忽然"荣幸地"被麦克阿瑟看成了"侵略"者，多么奇怪！多么意味深长！我想麦克阿瑟内心是完全懂得的！中国不是旧中国了，中国人民已经站立起来，有着无穷尽的力量，足以打垮任何侵略者的凶暴了！麦克阿瑟还想再步一次日本法西斯的道路，那么，请看看我们今天的抗美援朝运动，规模的巨大，气势的广阔，已完全不是"九一八""七七"时代所可比拟的了！麦克阿瑟你还"控诉"什么！一切侵略者的血债，总归是要彻底清算的！你的"控诉"，不过是培养着中国人民对你更大的仇恨，培养着你自己更早的死亡！你和你的美国日夜奔忙的侵略行为，最好也不过是得到和希特勒、墨索里尼、东条英机一样的末路罢了。

1950年11月23日半夜于北京。

知识青年的光荣

蒋介石统治区十一个城市的三十万学生，目前正掀起了沸腾澎湃的爱国运动。他们游行、示威、罢课、宣传、请愿、抗议，他们高喊："美军滚出中国去！""反对奴才外交！"……他们反对美帝国主义武装干涉中国内政和反对蒋介石卖国、发动内战、独裁的呼声和行动，震动中外，我国舆论界把这个运动目为新的"一二·九"，目为中国人民爱国的新高潮；的确，这是近年来我国青年知识界的一件大事，一个伟大行动。

在我们解放区，仅就我们晋察冀来说，目前正掀起了知识青年热烈从军的运动。好多知识青年，离开学校或者原来的工作岗位，带着笔杆，争先恐后地拥进八路军，背起枪，走上战场，为中国的独立和平民主去跟蒋介石拼命。这里，仅联大、商中、农校、回中、冀中五一学院、安清联立师范和冀东丰润县等的初步统计，参军的同学即达七百名，此外，区、县、专区青联主任、小学教员参军的也很多，有的县就是青联主任带领全县报名参军的青年走进部队中，编制以后，县青联主任当下就担任连、营长或指导员——这是我们晋察冀、我们解放区青年知识界意义空前的行动。

蒋管区学生的爱国运动，和晋察冀及整个解放区知识青年的参军，这两件事相互辉映，成为我们中国知识界莫大的光荣。

我们中国的知识青年，是有着优良的爱国传统和斗争意志的，"五四""一二·九"学生爱国运动，和大革命、土地革命特别是抗日战争中知识青年英勇的斗争，都曾给我们祖国的独立和平民主事业以多么巨大的推动，都曾给中外反动派以多么严重的打击啊！今天，在中国的两个地区，更大规模的学生爱国运动和空前热烈的知识青年参军浪潮，更紧密地结合起来，千百倍地扩大了解放区自卫战争和蒋管区人民民主运动的战斗力量。尽管中外反动派如何猖狂，我们说：历史是早已注定了人民的胜利和反动派的失败，而且为期实在并不遥远了！

我们应该对蒋管区为祖国英勇斗争的同学谨致崇高的

敬意！应该对解放区投笔从军的知识青年谨致崇高的敬意！我们希望蒋介石统治区的学生爱国运动坚持、扩大与发展下去，希望那里的同学们不仅游行、示威、罢课、请愿、宣传，而且要想办法采取更有力的实际行动，与工农商各界紧密结合，再十倍百倍地加强战斗！同时，我们晋察冀的知识青年，应该不仅从言论上支援蒋管区同学的爱国运动，而且要加强实际工作和学习，要更大规模地参战参军上前线，同时发挥笔杆枪杆的伟大力量！

  为了祖国，我们知识青年要坚决保持我们的光荣，无限扩大我们的光荣！

          1947年3月20日于河北阜平。

从墙头草说起

蒋介石进攻察哈尔的火苗烧起来以后，据说，在张家口、宣化及平绥铁路沿线的城乡里面，曾有个别所谓"墙头草"人物，惊慌失措；有的，听了蒋家特务的谣言，以为蒋军很快可以攻下张家口，致产生一种极可耻的摇摆思想与行动。我想，在时代的巨浪冲激中，出现一星半点渣滓，这原是不足为奇的吧！没看见另一方面重要的情景么？宣化、怀来、涿鹿……数不清的工人农民涌进了战斗中来；张家口大街上，行列整齐的工人自卫队，挂着红布袖章的纠察队和黄布袖章的消防队，给前线将士缝棉衣的妇女群，以及组织运输、慰劳、救护的各式各样队伍……人们都在怎样为前线奔忙，为自身利益而充满自信地自卫和战斗！这是成千成万广大的人群啊！那城乡阴暗的角落，纵使有几棵"墙头草"，但是，个别几棵和成千成万的比较，是多么地微不足道！

而且，那另一方面重要的情景，还不只是这些；我这里还要特别记下一件重要的事实。本月一日报载：宣化市一个六十五岁高龄的教育家程老先生，"要求加入共产党，宣化市委业予批准"。程先生说："我虽然上了年纪，但是，我宁做民主鬼，不做蒋家奴。"又说："我已年老力衰，耳聋眼花，但是，我愿尽残缺之力，为人民大众求解放，鞠躬尽瘁，死而后已。"这是一件重要的事，这可以说代表了人民的心声，对我们人民事业，有着极为深长的意义。

也许有人说，这有什么稀罕啊！这类事不是很多么？不错，近年来，像山东参议会八十二岁的议长入党，像威海卫参议会六十七岁的议长入党，像茌平县七十三岁的参议员入党……是的！在我们解放区，这类事已经算得是平凡的了！然而，这些老人不同于青年人，更和今日在张家口大街上，在平绥铁路沿线涌起自卫的广大工农不一样；这些老人的出身，就像程老先生吧，是清代的廪生，"七七"事变日寇侵占宣化之后，程老先生即返居家中，闭门不出的，今天，他们却要从自己的过去坚决冲出来，参加到真理的行列，虽"年老力衰，耳聋眼花"，也"愿尽残缺之力"，来追赶历史。——这难道还是平凡的么？难道不是极为深厚感人的么？

并且，程老先生光荣参加共产党的意义，还不止于此；程老先生是当最近蒋介石调兵遣将，向察哈尔发动进攻的时候，当附近正冒出了个别几棵"墙头草"的时候，请求入党的！这不仅说明程老先生的坚决，而且，对于那"墙头草"应该是多么尖锐的讽刺！对于保卫察哈尔保卫张家口的人民事业应该是多么巨大的鼓励！这行动，又应该给我们青年人多么深挚的感动啊！是的，这与成千成万工人农民的涌上自卫前线，应该有着同样广大的意义。

这里，我还想起了一些另外的关于老年人的事情。我想起了六十岁高龄的名法学家陈瑾昆教授——陈老先生"在日本将投降时，原已决意在北平市朝阳门外，购地筑圃，栽花种菜，娱我晚年"（陈老先生《余为何参加解放区工作》文中语，文载今年的《晋察冀日报》）。但是，很快地，陈老先生就站在了民主斗争的最前线，最近更偕同全家抵达张家口，"决心参加解放区工作"，"尽匹夫之责"（均为上文中语）了！还有不久以前被蒋家特务暗杀的老诗人闻一多，前两天我从一篇文章中，知道他抗战以后还潜心于金石刻画，但是，去年他竟为田间同志所感动，称他为"擂鼓的诗人"，他并且说："诗人们常写什么'给我们光明，光明向我们来了……'之类的东西，但是我们为什么不向光明去呢？"（大意）……近年来，在全世界，特别在我们灾难的祖国，类似这些事情，是很多很多的了。而这类事，也正和宣化市程老先生等的行动，同样地意义深长。

这些老年人为什么会这样啊？这当然主要是因为人民的事业感动了他们，同时，却也不能不是蒋介石血腥统治的结果！蒋介石也看看吧！你的统治，不仅使解放区挺立得更壮大坚强，使你的统治区人民民主运动如海潮澎湃，而且也使多少本来可以安闲下去的年逾花甲的老者，提起了老迈的脚步，奔跑着和你拼命了！于是，当蒋介石一天天顽固地坚持反动，而人民的力量就一天天日益坚强，直逼着反动者走向可耻的坟墓。这就是今天人民正在创造的历史！

最后，让我们再看看眼前的历史事实吧！蒋军在平绥东线刚碰了一鼻子，而它的屁股——在平汉路就重重挨了一刀，接着，平绥东线又损兵折将；蒋介石早计划"里应外合"打进察省和张市的，现在"外"吃了大亏，所谓"里"，是继刘逆建勋伏法，又来了个所谓"察省保安副司令"刘逆岫岩被擒；至于"墙头草"盼着"国军"到来的，今天"国军"没来，"国军"俘虏却先到了！这还不够雪亮么？历史是人民的历史，反动者悲惨的命运是就要来到了，那"墙头草"也太不聪明，而光荣、胜利和伟大，却永远属于人民和程老先生等。

1946年10月6日于张家口。

和平边缘上的零感

一

抗日战争的胜利将近一年。但是，人民好不容易争来的和平，又被国民党蒋介石的屠刀逼到了十分危险的边缘上。在这样的日子，耳闻目见，真是感慨颇多。

报载：冀东香河挖河工程，因遭国民党军队的进攻而被迫停顿。国民党大概是从来也没有真正为老百姓兴修过半点水利的吧！而解放区人民兴修水利，也要遭它的破坏——其可恶可真是够瞧的了！但我想起的是另外一件事。

大约是十年前吧。那时我还是国民党"埋头读书，莫问国事"统治下的一个小"奴才"，不过刚刚开始在中学生的课堂上模糊地考虑着不当"奴才"的道路，但也并不十分"过问国事"；只仿佛记得就是今天这条香河，也发生过"香河事件"，情节仿佛是日寇及其特务，和被国民党卖国卖出的伪冀东自治政府，杀了爱国的中国人，把尸首偷偷丢到香河里，结果香河浮尸，激愤了全国。

事隔十年，香河人民流洒了多少鲜血，好容易换来些个胜利，想不到还是那一流反动家伙，又来加害香河了。

然而，到底是事隔十年了。过去不得不被人家卖，不得不被"伪"统治的人民，今天到底争来了和平胜利果实。人民的力量，的确是一天天大起来，香河人民再被出卖、被统治、被丢在河里的时代，是一去不复返了。谁想再搞相同于十年前"香河事件"的血腥屠杀么？大概是不容易的——冀东民兵打退国民党进攻的事实，就明明白白；日本法西斯和汪精卫、殷汝耕的下场，更是明明白白。

二

今年一月，北平一家什么报的记者，随执行小组到绥远跑了一趟，回到北平，就写了本书叫《绥晋之行》，出版了。那书颇也如实报道了一些解放区的情形，并且对解放区也赞许了两下；但也对解放区给了些批评，其中之一点，说是解放区群众的翻身斗争，不应该叫"翻身"，叫个"转身"就可以的了。这位记者先生的意思是说：过去被人家踩在脚底下的人们，今天翻过身来了；既是"翻"身过来，是不是又要把过去的统治者踩在脚底下呢？这多不客气啊！而且，踩来踩去，哪一天完？和平又怎么得了？

这也许是好心的顾虑。

不过，如果被踩的人只是"转"一下身，那不还是要被踩么？

人民是应该翻身的。至于翻身以后，是不是又要踩过去踩人的人，那就要看过去的统治者自己。只要他进步，赞成和平民主，那今天边区各级政权中的开明士绅和进步人士就是榜样；要不，他还想再踩人，那自然会被人民唾弃，人民就踩他两下，又值得什么大惊小怪？

人民是应该翻身的。不客气说，"转身"的理论，实在还是在给旧统治者说话。

三

有这么一个故事：一九四二年五月一日，日寇对冀中解放区实行"五一扫荡"以后，冀中某部队攻下了敌人几个堡垒；老百姓马上欢天喜地，闹了很多猪肉去慰劳这部队。但是，每块猪肉上，老百姓都给插上个铁钉子——这是什么意思？部队上想不透。

后来，这个部队的团长和政委想通了，而他们就感奋地给全部队来了个大动员，于是他们接连又打了好多胜仗，攻下了好多堡垒。原来，敌伪的堡垒，老百姓是看作自己心上的钉子的，哪村安上了敌伪堡垒或据点，老百姓口头语总是说："安上钉子了！"这回慰劳，是老百姓告诉部队——你们要吃肉么？就请先"拔钉子"吧！

多么意味深长的故事！

今天，中国人民心上肉上的钉子，是早应该全部被拔去的了。可是，国民党在好多地区，不让敌伪钉的钉子撤除，而且国民党自己又给人民心上肉上钉钉子了！说什么"保护交通"，铁路沿线和边缘地区，钉了多少啊！

鬼把戏骗不了人民，人民从斗争中早尝过了味道。钉你的钉子吧！要知道这是钉在人民的心上和肉上；人民和人民的军队，为了自己美满的生活，会毫不留情地给拔个干净的。请注意吧！人民和人民的军队，拔钉子的力量和经验，是足够的，而且是很熟练的了。

四

报载：陶行知先生为"南京惨案"招待外籍记者，曾发表这样的谈话："蒋介石有一种复杂的心理，这种心理使他相信每个想要和平与民主的全都是'共产党'。"的确，从每天的报纸上，我们可以看到很多反映蒋介石这种心理的事实；陶行知先生的谈话，真可谓是精辟之言了。

不过，仔细想想，事情颇也奇怪。今天，沪渝等地好多民族资本家，全力为和平民主奔走，难道他们也是共产党么？蒋介石是曾经自称为同盟国四大领袖之"一"的，应当是很"伟大"的人物了，为什么连这点也不懂呢？莫非是神经错乱？其实，再仔细想想，原来事情也并不奇怪。

法西斯希特勒曾经说过这样的警语："我一听见文化，我就要掏出手枪来！"而且也曾经有过这样精辟的行动：在他最后失败的前两天，他跟一个电影明星结了婚。这些，难道不都是神经错乱的言行么？如果说咱们中国这位"伟大"人物的"复杂心理"是神经错乱吧，那原不过是祖辈相传，又何足怪？

可是，法西斯希特勒神经错乱地跟电影明星结婚到底只两天，就寿终正寝了；咱们这位之"一"的"领袖"，不知道是不是也要考虑一下神经错乱后面的结局？

五

　　旧事重提：一九四三年，国民党反动派发动反共高潮，正想大举进攻陕甘宁的时候，阜平县凹里村小学校的一个学生，有一天在课堂上忽然拿起课本子，当着先生和同学，扯下了一页书来，气愤地说："咱们不念这一课！"接着，全校学生都扯下了那一课书，丢在地下，用脚踩了。

　　那一课书的内容，原来是"拥护蒋委员长"。

　　后来，听说全边区小学生都扯下了那课书。

　　事隔三年，边区小学生大概早忘了那课书了吧！最近，忽然得到另一个消息：曲阳仁景树村的小学生，听说在重庆的政协会上解放区忍痛让了步，他们不高兴，学生代表刘素荣说："咱们打了八年，光儿童就出了多少力，牺牲了多少啊！今天得了胜利，还能让步？"后来老师解释很久，并且说这是共产党大公无私地为了求得和平和团结的正确措施，大家才安生。但是，最近国民党反动派又正挑动全国内战，仁景树小学生这一下可再也止不住胸头气愤，吵闹着请老师给毛主席写了信，叫毛主席问问那个"委员长"，问他到底讲不讲理？要不的话："咱们儿童就不答应他！"怎么不答应呢？他们又向全冀晋三十多万儿童写了封信，号召大家起来自卫，准备打退反动派的任何进攻。这号召，全冀晋儿童响应了，而且，无疑地也行动了。

这个行动，自然比扯课本进了一大步。

这个行动，"委员长"如果知道，也许会不值一笑的吧！然而，仔细想想，光冀晋就有三十多万儿童，全晋察冀边区该有数百万儿童呢！儿童，这是国家未来的主人。儿童们的这个行动，怕也该是"委员长"值得注意的吧！

六

近来从外面报纸上，见到一些流行在蒋区的诗，其中有几首题名《国民党军的画像》，写得很好，抄下来：

一、参谋：平时说大话，战时就害怕；手拿红绿书：乱画。

二、副官：无事抄起手，有事满街走；专门办报销：揩油。

三、军需：钞票不离手，会客交朋友；士兵要饷金：没有。

四、军医：平时吊郎当，看病乱开方；伤员来住院：没床。

五、政工：男女搅一团，开会吹法螺；到处贴标语：膏药。

这真可谓天才创作！想和一首，却实在没本领。但想到前面说了好多"蒋委员长"等等，颇动于衷，姑瞎写两笔表示表示。曰：好话说个尽，坏事千千万；人人挥铁拳：完蛋。

1946年6月到7月于张家口。

算　账

——纪念鲁迅先生逝世九周年

一

鲁迅先生死了九年。每年这时候，总多少有些感想；这回，当着胜利紧张的心情，看周围一切，想鲁迅先生，感触最锐敏的，是关于报仇算账一类的事。就从这写开去吧！

半月来，耳闻目见，印象最深的，是张市枪决汉奸韩广森、崔景岚，理发工人斗争恶霸张子清，新保安三千群众公审汉奸范怀进，等等——这都是人民翻身的痛快事，有仇报仇，欠债还钱。鲁迅先生也说过："血债必须用同物偿还，拖欠得愈久，就要付出更大的利息。"多少年来，敌寇汉奸特务拖欠多少债，总会要算得清清楚楚的，今天不过是轰轰烈烈地算开了个头而已。

不过，从债务类别上来说，文化思想上的账仿佛还没有开头算。拿上个算盘子，随便算算：就以张家口说，街道上很难找到书店；闲空的院子里书籍满堆，却不容易从一千本书里面找到一本汉文的；高小学生的中文程度，低得跟边区内部上过二三年冬学的青年差不多；旧书摊上，看见过敌人印的《鲁迅杂文集》，翻开一看，却改造了全部内容；八路军刚收复这里时，还曾出现过一个家伙，假借民意，成立过"文化界联合会"，自封为"文化界代表"……单从这些零碎的流水，就可以想见：敌人对中国文化的摧残，对鲁迅先生的侮辱，以及汉奸文人的猖獗程度，是何等卑劣无耻达于极点！这大概是看不见鲜红血迹的债务吧！但这种文化上毒素的注射与散布，深入到社会的各个角落，侵蚀过不少人的骨髓；对于这项债务的清算，是不知道要比清算血债困难好多倍的——这不能不引起我们最大的仇恨与愤怒！

这笔账是不能不算的。如果说今天还没怎么开始，我们文化界伙伴们，新解放区的文化教育界人士们，青年学生们，就马上一齐动手！自然，这笔账不是军事的或经济的账，而是政治思想的账；但是，对于罪大恶极的汉奸文人，我们同样有必要要求政府依法惩处！至于那些隐藏了的，还有那些危害过人民与文化，却装出一副假惺惺笑面孔，今天还在拜佛吃斋的家伙，尽管他装得可怜，也一点不能原谅，都要拖出来，撕破他们的假面皮，从思想上打他个落花流水！鲁迅先生教导过我们：落水狗也要打，要不，它爬上岸来还会咬人——这是我们要学习的战斗方法！当人民向恶霸斗争胜利时，恶霸在人民面前跪下了，人民还要打他两个耳光，踢他几脚——这也是应该的，也是我们要学习的战斗方法！

二

算这笔账，除了对个别罪大恶极的文人依法处理以外，对于其他反动思想的批判工作和一般的思想消毒工作，尽管我们有着充分的力量和胜利的信心，却是还有麻烦，还有困难的。以张家口市来说：

有这样的一些人——他们不一定是罪大恶极的汉奸，比如，他们在敌伪统治时期，在敌伪办的学校里教书，在敌伪文化机关里做些技术工作，而今天，这些人有的也参加了今天胜利后的人民的文教工作。他们给敌伪做过事，服过务，当今天人民和人民的政府对他们宽大，伸出正义的手来挽救他们，拉他们走向进步的时候，他们有的并不觉悟，有的哭丧着脸，有的并且还趾高气扬："文化教育是最清高的！我们给敌人做事，是不得已呀！我们教书，是为了中国的孩子们！再说，我们并没有管过政治！……"好像他们"为教育中国的孩子们"给敌伪服过务，还有功劳似的！真是多么好听！

还有这样一些人：他们是敌伪的报人，或者是伪"蒙疆文学恳谈会"的"作家"们；他们给敌伪鼓吹过"赫赫战果"，骂过人民和共产党八路军，然而他们也以为是"不得已"，他们是"不管政治"的！他们或者仿佛真的"不管政治"，写关于骆驼、沙漠、漂流、苦闷、空虚、梦……一类小说散文诗歌戏曲的，他们也以为"这有什么罪呢？我是干我的文艺的"！当他们今天觉得倒了点霉的时候，反而愤愤不平："什么边区！什么八路军！一套政治，没有文化，没有技术！"或者仍旧是："空虚啊！人生是苦闷的，上哪儿去？"

当然，上面这些人，只要他们知错改错，我们是决不咎既往的。不过，必须说明：给敌人做事，难道真是"不得已"么？八年多来，为了我们民族和人民的生存与翻身，多少同胞毅然丢弃了故乡、亲属和一切，风里来浪里走，艰辛血泪，甚或还决然死在战场——同是中国人，他们为什么不去"不得已"呢？边区的一个普通老百姓，还有好多小孩子，被敌人抓了，被砍掉十个手指头，被处以各种文字上形容也感到无力的毒刑，然后干脆活埋、枪决，他们可以一句话也不告诉敌人——同是中国人，为什么他们能够这样"得已"呢？中国人要都那样"不得已"，那我们又何日翻身？先生们！你们念过书识过字，该知道流芳百世与遗臭万年，该懂得民族气节吧？站在胜利了的战斗的人民面前，你们的"不得已"在哪里？

文化教育和技术工作是不管政治的么？是清高的么？好吧！就算你"不管"政治，就算你"清高"吧！你办报，骂了人民，鼓吹了敌人；你当教员，使小孩不知道自己的祖国，对汉字汉文不感兴趣；你做技术工作，给敌伪办了一些事情……敌人正是要利用你这一点啊！管你管不管政治，你反正为敌伪服了务，使敌伪的血腥统治在张家口保持了八年，这不是为敌伪政治服了务是什么？这也算清高么？如此清高下去，那枪毙抗日干部的刽子手也可以自认清高，说"我不管！反正是人家叫我枪毙的"了。

至于伪"蒙疆文学恳谈会"的"作家"们，你们苦闷，空虚，醉生梦死，而人民却快乐而充实地战斗了八年多，今天更因为胜利而快乐和饱满。人民的作家创作了《血泪仇》《王秀鸾》等等，得到了全边区以至张家口市每个人民的热爱。文艺是给人看的，而你们的文艺创作有《血泪仇》甚至有《宣传卡车》的读者和观众多么？没有的！你们固然好像真的不管政治，但是你们的"创作"，给知识青年看了，不过增多几个苦闷的朋友和消沉的朋友，不向上了，不斗争了，于是我们民族少了几分力量，而敌伪心眼里大声欢笑。抗日的文艺，敌伪禁止得用枪炮子弹来阻挡，你们的文学敌伪却欢迎，这是不管政治么？这是清高么？至于技术，科学技术自然是好的，要学习的，文艺上的技术，我们人民的文艺工作者也是要学习的；但你们的技术果真是那样高么？除非认为把中国文字夹杂了许多日本味，成了"协和体"，算作你们的"功劳"，还有什么可夸的"技术"呢？老实说，把你们"蒙疆文学"上的"佳作"，拿来和抗战前《中学生》杂志上读者的创作比较一下，恐怕你们的技术也并不"高"吧？

三

这篇账是不好算的，不过，这篇账不算清，那整个文化思想上的账目总会拖欠，并将危害今后人民文化事业。这批账一定要算清。自然，这笔账的清算主要依靠笔杆，在今天，笔杆的需要的确是大大地增加了。鲁迅先生原是学医的，他之拿笔杆主要是为了从思想上救中国人民，我们今天就更好地学习这个鲁迅精神吧！所谓"不问政治""技术第一"的先生们！我们大家都有笔，我们不妨来说说道理，看谁是谁非，直到心服口服，把账算清。

无须说明：算账也许只能是消极的工作，而积极的工作是在于新的文化思想的进一步建设。但是，不败不立，因而这"破"的工作，也即是算账的工作，在目前就不能不成为头等积极的工作了。

纪念鲁迅先生，发扬鲁迅方向，我以为要用一切武器，开展文化领域的算账运动，以便为积极的建设开路。

1945年10月17日于张家口。

从北京到莫斯科

我们来自中国，来自北京的天安门。亲爱的朋友，请你们相信：我们陶醉在社会主义的温暖里面，我们一个个都变得更加年轻。

在伟大的红场，在红墙绕着黄楼的克里姆林宫外，我们看见列宁的容颜光芒四射，看见了照亮全球的宝石的红星。我们也看了永留后世的列宁博物馆，看了许多奇珍似的展览会和陈列馆。看见修建中的莫斯科大学，在空中筑起了宫殿；看见那乌拉尔和高加索宝石一样透明的石头，把地道盖成了天堂。全人类的幸福都从莫斯科出发，莫斯科有着世界上最美好的东西，有着超越一切的创造的力量。

这力量是共产主义的人民所特有的。我们在幼稚园里，在卓娅女子学校里，在所有到过的地方，亲眼看见了这种力量的无敌的源泉。那些幼稚园里三岁到六岁半的孩子，在冬天的早晨，在早操以后，洗着冷水浴，吃着营养丰富的食品，然后，用积木建筑他们理想的宫殿，用彩色的笔画出他们希望的花；他们又胖又结实，脸像红色的米丘林苹果，健康愉快得像卓娅一样，度着他们幸福的童年。当他们长大以后，就走进卓娅的学校，戴上卓娅一样的红领巾，接受卓娅一样的共产主义青年团团证，读着卓娅读过的书，种植那卓娅耕种过的一点六公顷果木园子，准备着把他们战胜一切的无量的青春，贡献给社会主义和全人类，像卓娅那样，像斯达哈诺夫和密里席耶夫，也像招待过我们的院长、校长和向导员那样——我必须提到这些帮助过我们的同志，他们为我们解释一切，在固定的短短的时间里，很有计划地让我们看到最好的一切；他们充满着马克思主义的思想性，充满着科学的紧张的工作精神，他们每一个都是最好的共产主义的人民。

在苏联，短短的几天，胜过长长的几年。我们看到了现实的神话，看到了最美丽最纯真的诗篇；而这诗篇的最精彩的一段，汇流在十一月七日的红场上。

那个红色日子的红场，集中了全人类最强大的保卫和平的武装力量，集中了汪洋大海似的青春。当世界上第一流的飞机和头等的坦克，从红场响彻全球的时候，当使人振奋的喀秋莎大炮走过我面前的时候，我看见朝鲜的母亲在微笑，看见东南亚的人民游击队在更多地消灭敌人，看见西欧人民的斗争火焰烧得更高更热，看见亚美利加和非洲在站立起来。我想起斯大林发表的关于原子弹谈话的福音，感觉到苏联红军比震动世界的斯大林格勒战役的时候还要强大，这就是世界和平的最可靠的保证。

但红场的力量还不止这些。红场上几十万幸福的花一样的游行群众，给了我们中国最大的光荣。他们手里举着马克思、恩格斯、列宁的像，举着斯大林的像，也举着毛泽东的像，举着中国的国旗和地图，他们连声不断地喊着："伟大的中国人民万岁！""毛泽东，乌拉！"他们永不停息地向我们招手，把花朵扔向我们。那时候，我的眼里流出了激动的泪。我想到幼稚园里四岁的伊娜拍着巴掌欢迎我们的情景；想到在卓娅女子学校，因为她们图书馆里有我的作品，同学们跑来和我照相的情景；还有在国际作家保卫和平的晚会上，观众们给我们雷雨般欢呼的情景；在托尔斯泰孤儿院里，那些在卫国战争中失掉了父母、为祖国亲切抚养着的孤儿，给我们表演舞蹈的情景。我也记得在北京的天安门前，我们千万人民把欢呼送给苏联人民和斯大林的景象；记得六年前苏联红军消灭日本关东军的那些日子；记得在我们抗日战争的艰苦的年月，我们把苏联卫国战争的每一个胜利，当作自己的胜利的日子。我们中苏的友谊是这样地深厚和巩固，有了中苏人民的力量，有了莫斯科红场和北京天安门的力量，也就有了人类和平生活的保证！

看过了十一月七日的红场，我想起了我在苏联见到的一切，也想起了我们走过的西伯利亚。那里有着白漆漆过似的白桦树，有着深绿得乌青碧玉般的松杉林；那里，新西伯利亚的上空，飘着浓黑的巨大的烟柱，贝加尔湖边小木屋的窗子里，摆着长青的盆花；那里，勒拿河上的渔夫在收获着肥美的鲜鱼，铁道两旁修路的妇女在唱着春风似的歌曲。苏联人民的生活是多么幸福，多么充满着力量啊！而在西伯利亚的那边，在亲爱的毛泽东同志领导下的我们的祖国，工人们正发展着爱国主义的生产竞赛，农民们正治理着为害千年的淮河；我们英勇的人民志愿军，正在朝鲜前线用鲜红的热血捍卫着和平事业。我们的祖国一天比一天富强，一天一天地向着伟大苏联的方向勇猛前进；我们也是多么幸福啊！

我们从照亮着东方的天安门，来到了照亮全球的红场。我们看到了共产主义的现实，看到了我们祖国的明天和全人类的明天。我们充满着战斗的力量，增强了无限的保卫和平的勇气与信心！

1951 年 11 月 16 日于莫斯科。

最珍贵的友谊

我在苏联看到的每一件事物，都将使我长记心头。但我想写一点关于中苏友谊的事情，却感到特殊的困难。中苏人民之间的友谊，哪怕是最微小的一件事，我都觉着很不容易说出它的全部意义来。因为这种友谊是那样地深厚和伟大，这种友谊，是世界上第一等的最珍贵的东西。

在去年十一月七日，在莫斯科的红场，那几十万游行的群众，给予我们中国的是多么大的光荣！他们举着千千万万的毛主席像，举着又高又大的中国的国旗和地图。他们每一个都不停地向我们挥着手臂，都跳起来对我们直喊："伟大的中国人民万岁！""毛泽东！乌拉！"他们扔给我们的花朵堆得老高，他们有的竟激动得忘了游行的路线，要冲过来跟我们握手……在那照亮全球的宝石的红星前面，我们中国人民受到的尊敬，谁能用言语说出那全部的深远的意义啊！

　　而在苏联的每一个地方，我们也碰到如同红场一样的情景。我们碰见二年级的小学生骄傲地说着："我还没学地理，可是我知道中国，知道很多中国的事情！"我们在莫斯科的幼稚园，碰见那四岁的儿童，托我们向中国的四岁的小朋友致敬。在阿塞拜疆蔡特金集体农庄加吉耶夫的家里，看见墙头上贴着我们人民解放军的有名的将领的照片；在梯比利斯，碰见格鲁吉亚共和国最有名的女演员，向我们夸耀她穿的料子是北京的。还有在基洛瓦巴德城，那是个从没见过中国人的城市，那里的中学女校长对我们说："我一听到中国，就激动得说不出话来！"在伟大的斯大林格勒，获得列宁勋章的工人特洛希尼告诉我们："我每当看到周恩来声明里边说：'我代表四亿七千五百万中国人民……'我就觉着全身充满力量！"阿塞拜疆民族历史上的伟大诗人尼扎米，在八百年前，在他不朽的长诗《七个美女》里面，写了一个中国美女，尽情地歌颂了中国人民和中国妇女的勇敢、勤劳、聪明和美丽。这个民族的人民和作家，因为这而感到特别的骄傲和光荣。曾经获得斯大林奖金的小说家齐什威里，告诉过我们这样一段经历：一九三〇年，他在格鲁吉亚共和国拉戈德克斯区的戛赫吉亚地方，参加农业集体化工作的时候，碰到过一个不识字的老农民，自弹自编自唱，唱出了一首关于中国农民的优美的诗歌。老者唱到中国农民在封建压迫下过着的悲惨的生活，流露着极深厚的同情，后来唱到中国农民正在共产党的领导下进行斗争，不久一定会要解放，这时候，老农民的音调里，充满着抑制不住的激奋和对于美丽的理想的希望。这不过是许许多多零星的微小的事件，然而，这里的每一件，都深深地刻画着中苏人民的最珍贵的友谊，深深地鼓舞着一切爱好和平的人民勇敢向前！

我们能够得到这样无量的光荣，是因为共产党和毛主席，因为我们人民的光辉灿烂的斗争历史，因为我们祖国在抗美援朝和生产建设上的功劳。苏联的名作家卡达耶夫曾经再三地对我们说过："我们是应该更多地翻译中国的作品啊！从目前中国那样丰富而伟大的情况来说，我们每一个苏联人的书架上，无论如何是都应该有自己的关于中国的书籍和中国的作品呀！"而当我们在巴库的阿尔蕉牟岛上参观采油工程以后，当地的二三百居民，忽然自动地把我们包围，向我们欢呼致敬。当地党的区委书记潘纳霍夫，马上面对人群讲话，他说："我们这里是苏联很小的一个区，由于中国人民代表的重视，他们才来到这里。中国人民志愿军，现在正在朝鲜前线为和平事业而流血！我们应该在生产上创造更新的成绩，和中国志愿军一道，为和平贡献更多的力量！"短短的几句话，激起了狂潮般的响应，也激动得我的眼里流出热泪来。

但我们的胜利，是和苏联共产党、和社会主义的人民分不开的。我记得在十月一日的北京天安门前，我们人民把欢呼送给斯大林的情景；记得我们兴奋地谈论着和学习着苏联建设的每一个新的经验的情景；也记得在十年以前，在我们抗日战争的艰苦的年代，我们把苏联卫国战争的每一个胜利，当作自己的胜利的情景。一提起苏联，我们是那样地激动！如同苏联人民给予我们的一样，我们从来也就是把头等的尊敬，真诚地送给我们的苏联友人。我们两个伟大国家的友谊真是超越一切的珍贵，而我们的友谊更将随着共同的努力日益发展和巩固！以中苏人民的伟大友谊为基础的保卫世界和平的事业，是一定会胜利的！

1952年2月6日于北京。

感谢我们最敬爱的友人

每一个苏联人都是我们敬爱的友人。为自己的人民和全人类辛勤工作的苏联作家们，对于我们中国的文学工作者，更是最敬爱的友人。在我们中国作家代表团访问苏联的日子里，我真切地感受到了中苏人民和中苏文学之间的深厚的伟大的友谊，我将永难忘却在苏联的每一个时辰。

让我重新提起那个长记我心头的夜晚。那是去年十二月十一日黑夜，在莫斯科音乐院大厅举行中国文学晚会的时候。中国的文学在晚会上和苏联人民见面，并不是第一次；但是，由苏联作家协会主办，由中国的作家团体参加的，这还是头一回。晚会上安排的全部是中国的节目，许多著名的苏联作家、汉学家和演员，严肃而热情地朗诵着我们的诗篇，莫斯科优秀的音乐团体，演出了充满中国风味的大合唱《太阳普照全中国》。那些参加晚会的两千多敬爱的观众，他们在灯光灿烂的大厅里面，以朝阳般的笑脸和潮水般的欢呼回答着每一个节目，他们的掌声长达三分钟五分钟甚至还要多；他们有的还当场给我们递来满怀情意的书信和诗句，有的在休息的时候，在大厅的过道里，还挤上来围着我们。晚会上的那个短短的时辰，留给我的是长长的记忆和无穷的感奋。

自然，晚会上的光荣并不属于我们的代表团，而是属于我们祖国的人民，属于我们全体文艺界的战友。伟大的社会主义的国土，是如同关切着我们人民的斗争的命运和幸福一样，在长远的年代里，就深切关怀着我们斗争中的文学事业的。苏联作家协会代总书记苏尔科夫同志告诉我们：仅仅从一九二八年到一九五〇年间，苏联翻译和出版了我们二十九个作家的作品，用十二种苏联民族的文字，印行了八十八版，出书三百万册以上。我们在莫斯科、在高加索、在乌兹别克文学展览会里，看见了各种文字印行的毛主席的著作和"长征词""长征诗"，看见了鲁迅、茅盾和我们很多别的作家的小说；在斯大林格勒红十月工厂工人宿舍里，听见获得列宁勋章的工人特洛希尼亲自说道：他很喜欢看而且也常常看郭沫若的诗和散文；在莫斯科小汽车工厂工人拉扎耶夫家里的书架上，见到了赵树理的《登记》；在卓娅女子学校，因为她们图书馆里有我一篇作品，很多同学就跑来和我照相，要我签名。苏联著名汉学家爱德林，翻译了我们民族大诗人白居易《秦中吟》里面的几首诗，引起了苏联读者吃惊似的赞美；列宁格勒一个专门翻译中国现代诗的青年，名叫彼得罗夫，才二十三岁，他充满着火烫烫的热情，一口气就告诉了我们他翻译过的二十几个我们现代的著名诗人和他们的作品的名字。社会主义的土地给予我们的人民文学以头等的光荣和尊敬，在我们访问名作家卡达耶夫的时候，他诚恳地再三地说着："应该更多更多地翻译中国的作品啊！从中国现在的地位和中国人民伟大的丰富的斗争经验来说，从中国文学悠久的光辉的传统和新的成绩来说，我们每一个苏联人的书架上，无论如何是都应该有自己的关于中国的书籍和中国的作品呀！"

苏联人民，特别是苏联作家对我们文学的关怀，使我真真地触摸到他们火热的心，亲切地感觉到他们是我们最敬爱的友人。他们并且还用自己的笔歌颂着我们。我们知道西蒙诺夫写的《战斗着的中国》和龚察尔写的《中国在眼前》，我们也知道：数不清的苏联诗人，从马雅可夫斯基一直到目前的最年轻的一代，差不多都曾以自己宝贵的感情和心血，为中国人民歌唱过。格鲁吉亚共和国的小说家、斯大林奖金获得者齐什威里，还告诉过我们这样一段经历：一九三〇年，他在共和国的拉戈德克斯区戛赫吉亚地方，参加农业集体化工作的时候，曾经碰到一个不识字的老农民，自弹自编自唱，唱出了一首关于中国农民的优美的诗歌。老者唱到中国农民在几千年封建压迫下过着的最悲惨的生活，流露着极深厚的同情；后来唱到中国农民已经在共产党的领导下进行斗争，不久一定会要解放，这时候，老农的音调里，充满着抑制不住的激奋和对于美丽的理想的希望。这是许许多多刻画着中苏人民珍贵的友谊的事情当中的一件，这也是许许多多鼓舞着爱好和平的人民勇敢前进的事情当中的一件！在十多年以前，小说家齐什威里就把这件事写进了他的短篇小说，他并为他碰见的这件事感到分外的光荣。但这还并不是较远的事实。在我们和阿塞拜疆共和国的作家见面的会上，他们急迫地告诉我们说：他们民族最伟大的诗人尼扎米，还在十二世纪时候，在他不朽的长诗《七个美女》里面，就写了一个中国美女；诗人用他丰富的天才，尽情地歌唱了中国人民和中国妇女的勤劳、勇敢、聪明和美丽。阿塞拜疆的人民和作家，因为有尼扎米而感到光荣和骄傲，并且，更因为尼扎米在八百年前就歌颂了中国，而感到更大的光荣和骄傲！

而中苏文学之间的友谊，还不仅只是这些。在我们与光芒闪耀的苏联著名诗人和作家的接触当中，我们从他们的报告里边，从座谈会上和日常的闲谈上，从他们给我们安排的对于社会主义建设和文化事业的参观中间，更给了我们多么丰富的、恰恰为我们需要的帮助啊！我想起了热情澎湃的名诗人和社会活动家苏尔科夫，他为我们专门组织了关于社会主义现实主义的座谈会，还亲自回答了我们关于创作思想和技巧方面的一些问题，特别是联系着苏联人民的现实生活，介绍了作家们如何挖掘与创造新的主题、新的人物和新的道德品质的问题；我也想起了健壮豪放的西蒙诺夫，他引我们参观了而且详细介绍了他主编的《文学报》，并告诉我们，他有时连星期天也不休息，而在百忙的工作中，抓紧一切时间写作；那满头灰发的费定，告诉了我们他的创作经验，和他永不疲倦的学习的经验；头发全白的吉洪诺夫，为我们叙述了他创造人民领袖的形象的情形；还有那两位名诗人，那稳重而深刻的伊萨柯夫斯基和充沛着火热的朝气的特瓦尔多夫斯基，他们一再强调着诗歌和民族的人民的文学传统的血肉相连的关系，伊萨柯夫斯基更是联系着广大的群众，他平均每一天都要写十来封回信，答复年轻的文学工作者和读者的各种问题；我也想起了全苏儿童的父亲一般的诗人马尔夏克和米哈尔可夫，他们极有兴味地介绍了他们怎样为儿童写作，怎样被儿童喜爱；也想起了年老的女诗人英倍尔和年轻的女作家尼古拉耶娃，她们都亲切地接待过我们；最后，还有长者一般的拉夫列涅夫、卡达耶夫、格利巴巧夫和拉格牟，年轻的波列伏依、阿扎耶夫、布宾诺夫、索弗罗诺夫、卡萨凯维奇、别克和古塞因，以及如同灿烂的群星一样的苏联文学丰收的创造者，他们跟我们交谈着创作上的情况，就好像是交谈着彼此完全熟悉的家常一样。他们的谈话都充满高度的思想性，充满着强烈的爱国主义与国际主义精神；他们给我们的关怀和帮助真是不可计量，他们每一个都是我们第一等的最敬爱的友人！

如果说到苏联文学给予我们的影响，那更是不可计量的事实。我们的人民从来就非常重视苏联文学，伟大的鲁迅先生的宝贵的一生，就有一部分是花在介绍苏联文学上；最近二十多年，我们差不多翻译了苏联文学中的绝大部分最好的书，《铁流》《毁灭》《钢铁是怎样炼成的》等等，不仅教育了我们文学工作者，而且曾使千万青年走上革命的道路，使许多革命者变得更加坚定；这些书今天也仍然在朝鲜战场上，在我们志愿军的战壕当中，鼓舞着英雄们反对美帝国主义和捍卫和平事业的勇气与信心。提起了苏联的文学，我们是这样地激动，我们从心里头感谢列宁、斯大林和苏联人民创造的文学，从心里头感谢我们最最敬爱的友人！

上面这一些，还使我想起了我们自己的文学，想起了毛主席对我们亲身的领导，和我们祖国对新的文学事业的重视。如同苏联文学一样，我们的文学是整个革命事业的一部分，是跟敌人战斗的武器，是为人民的幸福服务的。我们的文学正在新中国的土壤上一天一天地发展，一天一天地有着新的成绩；而且，我们更有着敬爱的友人的关心。我们作家代表团在苏联的访问和活动，不仅再次证明着中苏人民永远牢固的友谊的发展，并且促进了两个伟大国家的文学的联系和交流，说明了我们的共同事业，在争取世界和平的战线上的团结更加巩固，在为人民幸福生活的斗争中的力量更加坚强。我们珍重我们共同的事业，庆祝我们最敬爱的友人每一天都有最好的作品出现，我们也百倍地勉励和督促着自己：一定要用更新的成绩，来回答祖国和人民，并且促使中苏之间最珍贵的友谊更加强固，在保卫世界和平的战线上，争取更大更多的收成！

1952年2月20日于北京。

记卡达耶夫

一

是在我们抗日战争的艰苦的年代,我第一次读了卡达耶夫的中篇小说《我是劳动人民的儿子》,那以后,我还不止一次地重读过这本书。他的《时间呀,前进!》《团的儿子》以及其他短篇,也是我经常阅读的作品。他的书一直影响着我,而且将使我长记心头,永难忘却。

他的书也同样影响着我们祖国的人民。有一个只有小学程度的青年农民,在抗日战争中锻炼成了相当负责的干部;他说他从来不接近文艺,但他看了《不走正路的安得伦》,了解了一些而且喜爱了,他把《被开垦的处女地》和《我是劳动人民的儿子》看得恋恋不舍，并拿这些小说当作工作和学习的参考书。前几年，他从农村走进城市，当了一个工厂的厂长，他又告诉我："《时间呀，前进!》可是一本好书，这本书给我工作上的帮助不小呢！"像这样的事实，绝对不是个别的。

卡达耶夫的小说，歌颂着苏维埃人的新的道德品质，歌颂他们艰苦的壮烈的然而乐观的胜利的斗争，引导人民向美好的共产主义前进。我们的人民和苏联人民有着相同的命运，卡达耶夫的作品，在我们的土地上产生巨大的力量，是很自然的。而且，作品放射着俄罗斯和乌克兰的深厚的泥土气息，掺和着单纯、饱满、朴素、清新的风格；从卡达耶夫的笔下，简直可以看到我们自己的生活的色彩，看到我们的过去和未来。这一切，更使他的小说对我们产生了强烈的力量。

就是这种力量，使我多次地幻想过卡达耶夫，幻想着更多地知道他的劳动，更多地学习他为人民服务的精神。去年，我随我们作家访问团去苏联的时候，我这个幻想变成了完全现实的希望；在我当时的整个欣喜的心情里面，对于访问卡达耶夫，我是感到非常急迫的。

然而，这一次的访问可经历了许多的曲折。我们刚到莫斯科的时候，卡达耶夫就来车站欢迎，并且一直送到旅馆，陪伴了我们很久；但他不活跃，只是站在人群的一角，一边不断抽烟，一边跟一两个熟人小声地谈着什么，或是独自走到墙上挂的风景画的跟前，细细地看那么一会儿，而很少参加到热闹的方面，想办法跟我们打破相互间语言的隔阂。第二天，我们去作家协会商量整个访问工作的计划，卡达耶夫也去了；会议刚刚开始，他轻轻地推开房门走进来，脸上显得很沉静很亲切，不跟任何人打招呼，又像是跟所有的人都打了招呼；他搬了把椅子，侧着身子坐在主席苏尔科夫的后面，抽起了一支烟，一会儿，他那宽阔的高高耸起的额头和突出的下巴，被罩在烟气里面，而且，他整个高大粗壮的身体，也好像罩在烟气里面了。你看，他简直就没怎么注意会场上的事！他跷着腿，仰着脑袋，直望着墙头上高尔基的像和油画里的风景，深邃的眼睛一动也不动，只偶尔独自地点一点头，脸上露一点笑意，似乎是在沉思默想着高尔基，回味着乌克兰草原的香气呢！可是，有时候他又突然转过身子，在主席的耳边轻轻说两句话。他说什么呢？翻译同志告诉我们：他是在对我们的计划发表意见，他原来并没有不注意会场。他的沉思和考虑，原来是在设计着我们的访问，为我们的工作安排着美丽的前途。不过，他到底还是说得太少。会议刚完，他只跟我们简单地接触了一下，就又谦虚地踱到人群后面，不一会儿，匆匆地走了。

这以后，我们投入了紧张的丰富的参观和学习。不过，我总没有忘记跟卡达耶夫谈话的希望，我差不多时刻注意着我们每一天的工作日程。但直到过了一个半月，我们从南俄回到莫斯科，在十二月十一日的早晨，才又抓到了机会：这一天白天，我们要去作家协会和苏联作家谈话。这一回总不会再错过的！我高兴地为谈话准备了一些问题，并且特别给卡达耶夫提了几个问题。

但是，卡达耶夫没有去！直到我们这个时间很长、收获很大的座谈会快完，会议室的门不知被推开了多少次，始终没有他进去！听人说，他是被另外的事情耽误了。

几天以后，我们就要动身返国了，而这几天也仍然很紧张。难道我们还要在一次极为难得的收获当中，带一个深深的惋惜回去么？

终于，不能与卡达耶夫长谈，已经成为事实。我们去了一趟列宁格勒，再回到莫斯科，十八日清晨就要启程回国。十七日下午，作家协会举行了给我们饯行的盛大的宴会，卡达耶夫也参加了，并且坐得离我只有三个位子，轻轻地跟旁边另外两个作家说着话；我知道宴会时间很短，会后还有别的事情，但我仍急迫地想争取一点时间，哪怕把我要向他提的问题告诉他呢！然而，没有翻译。七八十个人的宴会，我们两个翻译为相互间干杯的致辞，已经累得满头大汗，我想跟卡达耶夫说两句话的希望也很小了。

宴会完毕，大家匆忙地起身。我好不容易抓住翻译，也抓住卡达耶夫，做最后的一点挣扎：我说我们向他提了几个问题，始终没找到机会请他回答；我说我们实在盼望他能回答一下；我而且一口气就提出了两个问题。这时候，他忽然也不像平日那么沉静了；他那深邃的眼睛紧盯着我，额头和下巴显得更加突出，"啊"的一声说道：

"哎呀！这需要一定的时间的……"

说着，他两手一摊，连连地耸着肩头，脑袋也不住地摆动，而且嘴角和眼角露出一丝苦笑，看看我，看看旁边的人，好像要求助似的。恰恰是在这个时候，招待我们的同志忽然宣布：我们的飞机要明天下午起飞。这是怎样的凑巧啊！卡达耶夫长长地"呵"了一声，"哈哈！"他脸上的苦笑变成了欢笑："明天上午我在家里等你们；我们好好地谈一谈！"他紧紧地抓住我的手，抓得我好痛！但从他的手上，也传给了我最大的兴奋。我也紧紧抓住他，同他一样地欢笑着；我庆幸这个将要到来的、并不意外然而又特别意外的收获，我并且感觉到了难言的幸福。

二

卡达耶夫住在拉伯鲁琴斯基大街一所专门的作家宿舍

里。我们四个人：菡子、胡可、王希坚和我，上午十点钟去访问他。我们一点也没有草率地对待这个告别莫斯科之前的最后一次访问。卡达耶夫给我们每个人的印象大体相同：都认为他是沉静的、稳重的、不大爱说话的；因此，我们不仅准备好了访问的题目，而且好像是去见一位很难透露自己宝藏的秘密的长者一样，事先安排好了一个心中有数的主意，我并且在汽车上对自己说着：

"不怕你不爱说话，我们直截了当提问题。"

但我们的一切安排完全失败。我们走上楼，卡达耶夫就把我们拉到他的写作间，让一位摄影师来来回回地拍照，并且不停地说着笑着；然后，送给我们每人一本他最心爱的作品之一《孤帆儿闪着白光》，同时对我们说，这本书中国还没有翻译；接着，又领我们参观他住的每一个房间，给我们说明他最喜欢的摆设和艺术品。最后，他和他的夫人把我们拉进客厅，强迫我们在丰盛的餐桌前坐下，而且发着命令："要喝酒！要吃！"我们完全被动，不要说提问题，就是眼前的场面，简直都无法应付！

这有什么办法呢？这又不能怪主人，谁叫我们估计错误的啊！自然，卡达耶夫是个沉静、稳重、谦虚而且不爱说话的长者，但他也同时是个活跃、奔放而且热情澎湃的青年；他生活上的爱好并且非常广阔，他一再提议跟我们干杯，差不多是尽情地和我们谈着古今中外的一切。我们几乎经过了极为曲折复杂的"斗争"过程,才好不容易转到文艺上面,向他提出问题。

那是在他谈到对乌克兰的爱好的时候。我抓住空隙,对他说:

"不仅苏联人爱乌克兰,中国人也同样爱乌克兰。我们产粮区的农民,常常把自己的地区比作中国的乌克兰,我们并且也从你的名著《我是劳动人民的儿子》,爱好这本书里所写的乌克兰的一切。卡达耶夫同志!我们希望你从对于乌克兰的爱好,谈谈《我是劳动人民的儿子》这本书!"

"啊啊……"他似乎感到有些突然,身子往圈椅背上一仰,微抬着头,抽着烟,突出的额头被罩在烟雾里面,像我们印象中那样地沉思了一阵。后来,说道:"是的,这本书是写的乌克兰。我是乌克兰人,我生长在乌克兰,我参加第一次帝国主义战争的时候,军队里乌克兰人很多,后来参加国内革命战争,也是在乌克兰。我从幼年时代就熟悉乌克兰的风景和人物,熟悉家乡人民的生活和结婚典礼等风俗习惯,也熟悉母亲们和兄弟姐妹们唱的民歌。我熟悉,写起来也就比较容易。《我是劳动人民的儿子》里边的谢明和苏菲亚,就是典型的乌克兰人,我一闭上眼睛,就看见了成千成百的那样的人;因此,我就写了他们,而这也正是我的责任！"

卡达耶夫说得那样地简单，那样地肯定和准确。当我们向他提起另一部名著《时间呀，前进！》的时候，他也是同样的看法。他说，《时间呀，前进！》是他在一九三一年到一九三二年的两年间写的，写这部书以前，他曾到玛格尼托高尔斯克的冶金联合工厂去工作了一个时期，并且，他以全部的精力，参加了这个工厂在当时的第一个五年计划当中的全部工作；正是这一段工作，使他熟悉了这个工厂，而他也就如实地根据他熟悉的一切，写成了《时间呀，前进！》。

名著《团的儿子》也是这样。关于这部书，他回答我们道："第一，我熟悉军队。此外，我很爱儿童，我差不多是天生地喜欢接近儿童，因此，我也比较熟悉儿童和儿童的心理。"说到这里，他忽然不再稳重地沉思，而像青年一样，把圈椅动了动，挥着胳膊，对我们例举着儿童心理的情况和儿童的游戏，并且特别说到"跳方格"的游戏。我们告诉他，这种游戏中国的儿童也会，玩得还极普遍，他道："是的！这是一种世界性的儿童游戏。"然后就对这种游戏作了很多的分析。这时候，他的念八年级的女儿柔利雅回来了，他马上把我们送给他的礼物陈列起来，并特别把礼物当中的纪念邮票给了柔利雅，又对我们说："柔利雅和她的弟弟都很喜欢邮票，都是小小的邮票收藏家。"同时还向我们介绍，他们平日怎么搜集邮票，怎么为争夺邮票而吵嘴，又怎么解决，等等一切，把两个小孩的心理描画得逼真逼肖，他的热情的夫人，一个精干的瘦瘦的中年妇女，在一边给他帮腔。最后，他又指着正在细心翻弄邮票的女儿说："你们看，柔利雅得到了那么些邮票，多高兴啊！可是，柔利雅还不满足呢！因为你们的邮票没有打上邮局的戳记。这对收藏家来说，总是一个缺憾！柔利雅，你说不是么？"顾长的腼腆的柔利雅，羞涩地笑着，点着头，我们更是高声大笑；我们陶醉在这个幸福家庭的温暖里面，我们更赞叹着卡达耶夫对他周围的生活细节竟是那样地熟悉。这时候，卡达耶夫说道：

"是的，作家是必须熟悉生活的！但作家首先必须爱生活，爱人民！如果他不能忠诚地爱，他就根本不可能熟悉！比如我，我比较熟悉儿童，这首先因为我爱儿童！"

多么准确的意味深长的话语！我不觉激动地对他说：

"我们中国的读者喜爱你的小说，并且也从你的小说里面熟悉了你；而今天的谈话，使我们对你更加熟悉。因此，今后我们将更加喜爱你的小说，并将更好地学习你的小说。"

他愉快地笑着，表示感谢，同时补充道：

"你们喜爱我的小说，还因为你们熟悉你们自己的生活；而你们的生活，比如中国农村的风俗习惯，有一些就跟乌克兰相同，跟《我是劳动人民的儿子》里描写的相同；我看过一些中国的作品,从作品里感觉到了这一点。"

"是的,我们两国人民的生活,是有相同的方面,而特别是命运相同!"我也补充着。

"那么,希望你们更加熟悉你们人民的生活和命运,更多地写出为人民欢迎的作品来。我祝你们取得更大的成就!"

他的殷切的期望使我们深深感动,我们起立举杯,向他致谢。他斟满了酒,站起来,耸着肩膀,又活跃得像个青年,并提出让我们用中国的方式敬酒。我说,中国的方式就只有划拳,而这是不容易办到的;但我仍向他介绍了关于划拳的一些知识。他听得很感兴趣,不过,他也觉得马上做不来;我们仍然是碰了碰杯。下边,他第一次提出来:继续谈话,并要我们发问。

三

我们提出了作家的思想、生活与艺术风格方面的问题。我们知道:卡达耶夫的几部名著,艺术的风格差不多都不相同,甚至是很不相同,比如《时间呀,前进!》和《我是劳动人民的儿子》就是这样。这不是原则问题,只反映着一个作家的思想、生活和艺术爱好方面的一些特色。果戈理和高尔基的初期作品,与后来的风格也是显然不同的。但我们还愿意听听卡达耶夫的意见。

卡达耶夫又让烟雾绕在额角上,仰头沉思了一会儿。

"存在决定意识。"他说,"我并不更多地考虑作品风格方面的问题,我的每一部作品的风格,差不多全是从生活本身确定的。"

他又说起《时间呀,前进!》的写作情况:在战前第一个五年计划建设的时候,整个的苏维埃和全国人民的情绪,都是根据党和斯大林一切强调速度的指示而工作。斯大林在当时说过:"……减低速度就是落后的意思,而落后的人便被挨打……这就是旧俄的历史。"因而:"党在实现五年计划和组织工业建设胜利的时候,就实行了以最快的速度发展工业的政策;党领导着督促着国家和人民,向前突飞猛进。"在这个号召下,马雅可夫斯基的一句诗"时间呀,前进!"就成了当时最有力的一句口号。当时无论你走到哪里,到处都是"时间""数目字"!每个时间的情况与数目字都要不同,只能在很短的时间内把建设的数字提得更高,不能只提高一点,更不能浪费时间,不能后退。卡达耶夫认识到了这种情况的伟大,在生活中深深地体会到了这种情绪和气氛,他自己当时的情绪也完全是那样的。当他到工厂参加工作以后,这种情绪和气氛更加显著,生活的节奏和拍子更加紧张,而这就使他完全自然地感受到并抓取了《时间呀,前进!》的主题与题材;作品的风格,也就自然地适应着这种情绪了。

"重复地说:一个作家的艺术风格,是与作家所处的时代和生活联系着的,是伴随着他掌握的主题思想、题材、人物和情绪,而自然产生的,这也就是他们之间的正确关系。否则,离开思想和生活而追求风格,那就是没落的资产阶级的形式主义和世界主义!"卡达耶夫又举《我是劳动人民的儿子》为例,说:"至于我写的这本书,也一样地明显:完全是伴随着我感受到的那个时代的乌克兰农村的生活气氛,适应着作品里记录的乌克兰优美的民歌的情绪和节奏,而自然地形成了那样的风格。但如果我今天再来写这本书,那无论是思想内容或者是风格,一定会跟原来的完全两样;因为时代和生活变了,作家如果不跟着进步,如果总是老一套,那就会没有前途了!"

卡达耶夫越说越兴奋。我们看到了一个沉静的稳重的老者,在他崇高的事业前面,变成了一个侃侃而谈的热情的少年。他不断地抽烟,不断地仰头沉思片刻,然后又接着往下说:

"这并不是说,作家在生活面前,应该站在被动的地位;不是的!作家固然要服从生活,但更重要的,是必须在生活面前争取主动!否则,你就会失败!"

他又谈起了他的经验。他说，当他投身在斗争生活当中的时候，往往事先也有一点幻想，想找个什么材料，写个什么东西。但事实往往与幻想不一致。他写《团的儿子》就是这样。那是在卫国战争的时候，他作为《真理报》与《红星报》的记者到前线去，原打算写一点规模较大的关于战争的东西。他到了骑兵部队，看到部队里收留了一些孤儿，并且教育他们成长，发挥他们的智慧，带领他们作战；当时他没有注意，以为这只是偶然事件。但后来在步兵和炮兵中也看到同样的情形，有一次在火车上还碰见两个兵士带了一个小孩战士，兵士待小孩很好，并且经常教育小孩。这时候，他感到这不是偶然的了，这是反映着苏联红军即使在最艰苦的战斗中，仍然不怕麻烦地关心人民的以及儿童的生活，而且充满着革命的人道主义。当他理解到这一点，从这里得到启发以后，他就主动地抓住这个思想，进而深入地了解这方面的情形，写了《团的儿子》。就这样，他丢掉了而且根本忘记了原来的幻想，但并不可惜；那个幻想在生活的面前变得不很实际，他丢掉了，他主动地抓住了另外的东西，卓越地完成了任务。因此，他并不被动，他胜利了！

我们不禁都为他的胜利高兴，菡子并且代表妇女儿童，向他这部优秀的儿童文学作品致谢；同时，"从文学事业上说，你是我们最爱戴的老师之一，"菡子说着我们大家心里的话，"我们知道老师在创作上将有更多更好的成就，我们预祝老师的更新的成就！"卡达耶夫高兴地答谢，然后，又说："既然我是老师，我要求大家为我们的友谊再干一杯！"我们也同样答谢了他。下面，他谈起了他自己把小说《团的儿子》改编成话剧和电影剧本，以及这些剧本上演的经过，并对演员们作了一番评论。他的爱好和兴趣是这样地广阔，这使我们的谈话显得格外地亲切和自然。

四

因此，我禁不住还要回忆一下我们刚来的时候的情景。我们跟着他参观了他住的五六间房子，这些房子并不宽敞，但每一间都摆设得满满当当，雕刻、油画很多，各种杯盘和瓷器更多；他对这些摆设好像还经过考证，知道每一样的来源和作者，知道哪一套瓷器是中国的，哪一套是西欧模仿中国做的，就连他招待我们喝的酒，也有很多讲究，谈起来简直是津津有味。他还搬出来一套中国玩具，要我们鉴定是不是真正的中国货；当我们向他证明的确是中国货以后，他几乎乐得跳了起来，并马上叫他的夫人给朋友们打电话，告诉大家这个玩具经过真正的中国人肯定为真正的中国货。总之，他对他爱好的东西是爱得那样地强烈，以至我们也被他感动着，很快就跟他一样地爱好起他所喜爱的东西，不论是一套黄灿灿发亮的玻璃杯，或者是一个小小的雕像。我们从他身上看到了一颗纯真的心，我们深深地体会到他的爱好并不只是每一件事物的本身，而是因为他爱好劳动，爱好生活和文化，爱好人类的聪明和智慧！而这一切，正是每一个爱好和平的正直的人所共同爱好，并且愿意牺牲一切来保卫和发展的！

正因为这样，当我们谈到另外一个重要问题，卡达耶夫的意见就特别尖锐而明确。

这是关于作家的任务，关于艺术作品的思想性等问题。卡达耶夫说：

"今天作家的任务，就是为和平而斗争！这就首先要求作家参加现实斗争，深刻地了解人民的要求，描写人民的先进的道德品质，创造新的正面人物的典型，使自己的作品成为教育人民的思想武器！至于创作上的其他问题，比如故事、情节、结构等等，我们当然也要注意，特别是要注意这些方面的民族传统的特色；但我们决不像资产阶级的小说家一样，靠离奇曲折的故事和情节吃饭！我们决不强调这一套，因为对我们来说，最重要的是人民的要求和生活！"

我们的谈话，忽然接触到了托尔斯泰的《安娜·卡列尼娜》。卡达耶夫很快又抓住了这本书，并说：托尔斯泰很喜欢安娜，虽然他也同情列文，写列文也写得很深刻，但无论如何，读者还是跟托尔斯泰一样，更喜欢安娜；因为在当时人民的生活和要求里面，安娜还是值得喜爱的人物。托尔斯泰抓住了这一点，获得了读者的共鸣，这也就是他的作品的思想意义。

"因此，作家需要有高度的党性！作家一定要站稳人民的立场，真诚地爱人民，爱积极的新的人物，全心全意地写这样的人物，并使读者也爱这样的人物，跟这样的人物学！作家决不能客观主义地站在主人公之上，无动于衷地写；那样决写不好，也决不会被人民欢迎的！"

他的感情简直是在纵横驰骋着。每说完一段话，吸一口烟，仰头沉思一下，又接着往下说。到这里，他还就作家与人民血肉相连的问题发表了一些宝贵的意见，同时，并向我们介绍了几本好书。

"这是关于戏剧家斯坦尼斯拉夫斯基的书。一本是他自己写的《我的艺术生活》，另外是高尔恰可夫和托波尔可夫写的关于他的两本书。这几本书对于帮助一个艺术家如何与人民与生活联系，有很大的益处。"

他是这样地真诚！我们也真诚得完全像一个学生，在自己的小本上记着他说的每一句话。我们知道时间紧迫，谈话应该结束，但总不愿意离开；而他也再三地挽留着。最后，我们问起了他的工作和生活的情形。

他告诉我们，他的日常生活，是经常到下边去，经常写作，经常学习。"特别是政治学习，"他说，"所有的作家都不能放松这个。我们还参加各种业余学校，学习时事、外交、历史等等；生活要求我们必须这样！"此外，他的工作还很多，作家协会和《旗帜》杂志都有事，他并且还在作家协会的高尔基文学研究院负责过指导创作的工作，经常和那里的学生一道讨论名著或学生自己的作品，有时由他作结论，有时并对学生的作品亲自帮助修改；这个工作他做了好几年，最近因为修改自己的长篇小说《拥护苏维埃政权》，没有时间，才辞掉了。于是，他又说起了他的这部新作。

"你们知道，我这部作品犯了严重的错误！"他说，"作品出版了，受到了严厉的正确的批评。我接受这个批评，作了彻底的修改。修改后的第一部也已经出版了。"

他说得非常平静非常恳切，我们突然感动得默默无言。他这部作品的情形以及批评和修改的情形，我们都曾从报纸上看到过消息，并且受到了很大的教育；现在听他亲自提起，我们受到的教育更大。我们知道，卡达耶夫生于一八九七年，已经五十四五岁，创作生活也已经三十四五年；一九三九年，因为杰作《我是劳动人民的儿子》，获得最光荣的列宁勋章；一九四五年，《团的儿子》又得了斯大林文艺奖金。正因为他是这样一位出色的、对人民贡献很大的作家，他也就极其严厉地对待着自己的错误。他这种批评与自我批评的精神，不正是我们最好的榜样么？

是的，我们完全应该学习他。而他也这样希望着。当谈话转到中国文学方面的时候，他说：

"我们是应该更多地翻译中国的作品啊！从目前中国那样丰富而伟大的情况来说，我们每一个苏联人的书架上，无论如何是都应该有自己的关于中国的书籍和中国的作品呀！"又说："而且，我知道，新中国的文学发展很快。从我看过的中国的作品，从我们今天的谈话，我都感觉到这一点。特别是你们有毛泽东的领导，你们的文学必将是永远胜利的！不过……"他停了停，很严肃地思索了一阵，忽然极其慎重地说："我还有这样的考虑：中国解放还不久，文化方面的守旧派是不是还会有影响呢？"

我们很注意他这个问题，并且告诉他："对人民的影响并不大，而且一天比一天小……"他说："对人民的影响是比较容易去掉的，但对作家呢？"我们说："对作家是有影响的。但我们已严重地注意了这个问题。我们对于旧的文化，批判地接受其中的民主的部分，而坚决肃清其反动的错误的部分。"我们向他介绍了一些国内文艺界思想斗争的情况，并说："这个斗争早已开展，也已经取得了不小的胜利。今后还将坚持下去，争取更大的胜利！"

"啊……"他仔细地听完，忽然站了起来，像欢呼一样地嚷着笑着。当我们不得不在时间的面前屈服，坚决提出来告别的时候，他又斟满了酒，和我们最后一次干杯。我们真是说不出的兴奋，也真是说不出的留恋。

卡达耶夫和他的全家把我们送到楼口，忽然，他又急忙转回去，拿来一本新版的修改本《拥护苏维埃政权》给我们看，并且说道：

"这是全部改写过的，这是很有意义的工作。希望你们今后在创作上也能不厌烦地多多修改自己的作品，直到修改得更好！"

他的夫人抢着对他说："你怎么这样说呢？你应该祝他们顺利地写出更好的作品啊！"

他说："没有关系，创作是人民的事业，只有经过充分的批评和自我批评，才会更加顺利。中国同志们的批评与自我批评精神也是和我们一样的。我们只有这样，才能够前进！"

他的夫人笑了，我们也都笑了。我觉得这是卡达耶夫同志给我们最好的临别赠言。我们紧紧地和他握手告别，我们更紧紧地记住他的每一句话，记住他这个比什么也宝贵的临别赠言。

1952年3月2日半夜于北京。

深含着意义的谈话

去年十二月十一日下午，我们作家代表团在莫斯科的沃洛夫斯基街，在苏联作家协会二楼的会议室里，与苏联作家举行亲切的座谈。那是一个幸福的时刻！我们贪婪地提出了三四十个问题，长桌旁边有如灿烂的群星一般的苏联作家们，以他们光彩焕发的经验和才华，一个一个轮流着紧张地回答。非常短促的时间，我们得到的是非常巨大的帮助。然而，我们迫望着听到介绍的关于社会主义现实主义的问题，会上却没能够谈到。主席苏尔科夫同志说：

"这个问题必须组织一次专门的谈话，今天时间有限，我们另找机会吧。"

另找机会，应该更好；但我总有些惋惜。这个问题在近几年的苏联文艺界讨论得很热烈，收获很大，给苏联文艺创作上的推动也很显著。我们中国的文艺界都以最大的关心注视着这件事；我们看过一些苏联作家关于这个问题的文章，但我们不能满足，我们是多么希望着亲自听听苏联作家协会的同志谈谈这个问题啊！

失掉了一个机会，另外的机会真是难得。我们决定十二月十八日启程回国，但直到十七日的白天，还没找着时间。莫非我们还要带着一个悬念回去么？十七日晚间，突然得到消息：苏尔科夫为我们组织了关于社会主义现实主义的谈话。我们匆忙地丢开行装的准备，在旅馆的休息厅里坐下，欣喜地迎接这个宝贵的时光。

谈话者是苏联作家协会出版委员会的主编，名叫李修切夫斯基。他似乎有些忸怩，谦让了一阵，才慢慢开始。他说：

"我们文学中的社会主义现实主义的法则，是伟大的列宁和斯大林规定的。但社会主义现实主义的主要内容，它的基础，它和革命的浪漫主义的关系是什么呢？"

他提出了一个总的问题，然后，从容地回答着：

"苏维埃生活是苏联作家的教师。日丹诺夫说：'苏联人民的生活和斗争，是严肃的工作与革命英雄主义的理想的结合。'这句话就是社会主义现实主义的基础，也就是革命的浪漫主义的基础。旧现实主义不可能描写真实的生活与理想的结合,而社会主义现实主义的最主要的特点,恰恰就是描写真实的生活与理想的结合!"

他谈得单纯、肯定而明确,然后,进一步说道:

"苏联人民的生活是有计划的、清醒的,但同时也有幻想,这种幻想不是空想,而是建筑在现实基础上的理想。列宁、斯大林都说过:共产党员是应该有远大的理想的;这就是明天必将实现的理想。因此,文学的反映必须忠实于生活,真实地描写生活的今天,但也必须描写今天是如何从昨天发展而来,描写今天又如何自觉地向明天走去以及明天必将如何。这就是真实的生活与理想的结合,这就是社会主义的现实主义,这里面也就包含了革命的浪漫主义;这也说明了社会主义的现实主义与革命的浪漫主义是一个东西,后者是前者的一部分。苏联作家就是通过这个法则,描写人民的新的道德品质和新的生活,引导人们走向共产主义。而苏联文学的党性和爱国主义的精神,也就从这里体现出来。"

他很谦逊,谈完以后又赶紧声明:"这些道理,想来你们都是知道的。"接着,他例举了一些作品,来说明问题;但他也同时声明着:"这些作品,你们怕更加熟悉啦!"事实也的确是像他说的那样。我们喜爱苏联的文学,知道一些苏联文学中的有名的作品;我们慢慢就互相交错地闲谈起来。

我们和苏联朋友们的交谈，总是那样地自然和亲切。

但我还愿意记下他关于作品的谈话。他首先谈到法捷耶夫的《青年近卫军》，他说：这本书正确地描写了苏联青年反抗德国法西斯的爱国的斗争，描写了人民在德寇占领下的痛苦和青年们斗争的艰难曲折。但书中的英雄，即使在最困难的环境中也相信胜利，时刻想着胜利的日子；他们有着乐观的理想，他们乐观地为胜利而斗争，为胜利后的幸福生活而斗争。这样，这部作品就不仅正确地反映了今天，也正确地描写了明天；这部作品的很多篇页，简直就是革命浪漫主义的诗歌。这本书是杰出的社会主义现实主义的作品，它有着强烈的革命浪漫主义的色彩，它充满着高度的党性和高度的爱国主义的精神。

李修切夫斯基也说到阿扎耶夫的名作《远离莫斯科的地方》。他说：

"这本书写的是一九四一年远东一个地方的工业建设的情况。那是苏联卫国战争当中最困难的一年。当时为了打垮希特勒，在远东建筑了一个油管，计划三年完成，结果一年就完成了。小说真实地描写了苏联人民克服困难的高度的创造力，同时也描写了人民的理想，写出了工人们即使在最艰难的环境下，也仍然坚定地相信胜利，想到胜利的日子和胜利后的共产主义建设，深深地充满着为明天的共产主义的建设的情绪，并努力使明天更快地到来。书中的总工程师不仅教育人们如何完成今天的任务，而且指导人们如何更好地为将来工作；总工程师常想，某某年轻的工程师在将来的共产主义一定还会活着，于是，他就时刻教育这个年轻工程师如何成为将来的领导者。这是一部优秀的社会主义现实主义的作品，同时，作品也充满了革命的浪漫主义，充满了爱国主义与党性！"

《远离莫斯科的地方》还没有中文译本，我们虽然早就知道这本名著和它的大概内容，但差不多都没看过这本书。李修切夫斯基关于这本书的简单说明讲完以后，我们向他问起了一些书中的细节；他很自然地回答着，而且越谈兴致越高。他是个四十多岁的中年人，持重、亲切，然而又很活泼。在这一天午后作家协会欢送我们的宴会上，我和他坐在对面；当我把我们的礼物送给他以后，他焦急地遍身找寻着什么，结果是什么也没找着，就拿了一支烟卷，在烟卷上写了几个字，作为纪念品送给了我，并且高兴地对我笑了老半天。他那样的心情，我是完全理解的。因此，我虽然没看过《远离莫斯科的地方》，但听了他持重、亲切而且活泼的介绍以后，我也就好像是完全了解了那本书一样，感到非常的幸福。

他还介绍了玛里采夫的小说《全心全意》。他说：这本书里写了一个年轻的姑娘，她在集体农庄里由于劳动好、收获大，成为社会主义劳动英雄；这是对于生活的完全真实的反映。但作者写到姑娘当了英雄以后，还并不安静，因为农庄里只有她的一队工作好，别的几队并不太好；她不赞成政府对收获最高的部分的特别关心，而要求全农庄乃至全区的收获量都提高，甚至自己的收获稍微减少些也不要紧，因为她理想的是全国的提高，是共产主义！

"以上这些简单的例子，"李修切夫斯基归纳似的说道，"说明了苏联文学以共产主义精神教育人民，鼓舞人民向共产主义前进的爱国主义精神和党性，同时也说明了社会主义现实主义的特征，以及它和革命的浪漫主义的关系：后者是前者的一部分。这就是列宁、斯大林规定的和日丹诺夫阐明了的原则，这也就是由高尔基和马雅可夫斯基奠定了基础的传统；马雅可夫斯基说过：'我为今天的祖国歌唱，但我要三倍地歌颂明天！'这句话，我们苏联的作家是深深地记着的。"

我们又提出了问题。关于社会主义现实主义，在苏联的文艺界，曾经有过怎样的争论？他说：两年以前，有过这样错误的看法，说社会主义现实主义是现实主义与浪漫主义的结合，说现实主义只反映现在，浪漫主义只反映未来，二者一结合，似乎就全面了。其实，这是不相信对苏维埃现实的描写就包含了未来的理想；这是认为苏维埃的现实不足以巩固未来的理想，仿佛现实生活与未来理想不是结合的，仿佛正确地描写了苏维埃的今天，还看不出如何向明天走去似的。这种反马克思主义的错误的看法，将把文学引导到繁琐的自然主义，将使人们眼光狭隘，也就自然违背了现实生活发展的规律，违背了政治，违背了党性，不仅不能教育人民向共产主义前进，相反地，将把人民拉向后退！这种错误，是决不能容许其存在的！他说：

"在这个争论的问题上，我们已经打败了错误的理论，得到了胜利！"

他一边说着，一边兴奋得两只手也捏成了拳头。

这时候，我们的团长冯雪峰同志，从文艺思潮方面，谈了一些对于现实主义的发展的看法。这又引起了我们的兴趣，也引起了李修切夫斯基同志更大的兴趣。我们的谈话又热闹起来，而且向更细微的问题上引申开去，大家几乎都忘记了疲倦与时间。后来，不知是谁发现已近午夜时分，座谈不能不结束了，李修切夫斯基同志一边准备离开，一边持重地亲切地结束这次谈话道：

"历史上曾经有过各式各样的现实主义。曾经有过资产阶级反动的现实主义，也曾经有过俄罗斯革命民主主义的现实主义，这后者也是有其展望未来的进步的倾向的。但是，只有社会主义现实主义，才是唯一的，过去没有，也根本不可能有的，文学艺术上的全新的、最进步的原则。它一方面为苏维埃生活、为共产主义思想照耀下的生活所决定，一方面，又继承了俄罗斯革命民主主义的倾向，并发展为党性。社会主义现实主义，既反对单纯琐碎地描写生活，反对离开前途的对于现实的反映，又反对脱离现实的空想。就是这个最进步的原则，指导我们苏联的文学一天比一天繁荣，我相信新中国的文学，也将一天一天地有着繁荣的收获！"

谈话就在这里结束。感谢苏联作家协会，感谢亲爱的李修切夫斯基同志！这一场短短的谈话，包含着深深的意义，就我自己来说，我感觉得到了很多有益的东西。我愿意就我对于这一场谈话的理解，写出来转告关心文艺的同志们。

1952年2月11日夜于北京。

英雄城里会英雄

我将永远记着在苏联的每一个日子。我更不会忘记十一月二十四日，不会忘记这一天的幸福的晚间。

这是我们作家访问团到达斯大林格勒的第三天。斯大林格勒不是一个单纯的城市的名字，她是人类尊严的代表，是和平一定要征服世界的象征。三天的时间，这个城市给了我们永远不能忘记的新的英雄主义和乐观主义的印象；而这第三天的夜晚，我们简直是度过了一个幸福的节日，因为我们会见了一个真正的最好的斯大林格勒人。

这是个冶金工人，是红十月工厂轧钢间的领班，名叫特洛希尼。我们和他的会见已经不是第一次，当天白天，我们参观红十月工厂的时候，就见到过轧钢间里穿着沾满劳动印记的工服的所有工人。不过当时我们被社会主义的创造，被工厂里巨大的钢流、热力、音响和气魄感动着，我们看见的只是整个英雄的红十月工厂，我们的注意力不可能放在哪一个工人的身上，甚至连特洛希尼的名字也不知道。

晚上，我们可比较轻快了。我们不是在紧张的工厂，而是在工人宿舍，在特洛希尼的家里。他那个整洁朴素的家，他和他爱人柳芭，还有五岁的儿子瓦列里卡，穿着节日的漂亮的衣服，快乐地笑着欢迎我们的情景，使我们很快就自然地陶醉在和平的幸福当中。

然而，特洛希尼的第一句话，可又使我们紧张起来了。他好像有什么止不住的兴奋，小孩一样地一边笑着，一边不自然地告诉我们道：

"因为我在生产上的新的方法的创造，最高苏维埃今天奖给了我列宁勋章。哎呀……"

我们欢呼着，几个人同时抓住了他的手，高兴得想问的话一句也没有了！直到女主人摆上丰美的酒菜，亲热地拉着我们就座，我们才一致要求这位列宁勋章的获得者，赶快谈谈他对苏联人民的贡献，他在社会主义劳动中的杰出的功劳。

他不。"我先说说我过去的生活。"他多少有点儿严肃，我们不觉也都严肃起来，听他说着过去了的时代。虽然瓦列里卡不安地走来走去,好像兴趣不大,但我们不得不暂时不跟他玩,连他的母亲也一样,她也只好沉默地坐在桌旁听着。

特洛希尼生在一九〇六年,父母是俄罗斯唐波夫州多加略夫加村的农民,养育着九个孩子,可只有三口人的土地。帝国主义大战的时候,父亲和大哥都被征入了沙皇的军队,母亲带着一大堆娃娃,只能靠讨吃过活。特洛希尼说到这里,抬头望了望他这间美丽的客厅:"那是贫穷的痛苦的生活呀!只有十月革命才解放了俄罗斯人民,也才解放了我一家!"他严肃的脸上露出了笑容,又说:"十月革命使我们得到了足够的土地,还买了一匹马。国内战争时期,虽说生活还并不富裕,可已经好多了!我们还尽量拿出粮食帮助红军。一九一六年,我大哥参加了共产党,一九二八年我也参加了红军,我们为苏维埃、为自己战斗!一九三〇年,我退伍回家,把父母送进集体农庄,自己带着老婆孩子到了斯大林格勒,从那时起,就参加红十月工厂工作,为社会主义和自己的幸福而建设!"

特洛希尼简要地结束了他工人生活以前的叙述,然后,愉快地往下说着:

"我在红军里参加了党,提高了政治水平;我们红军就是个政治学校。因此,一到工厂,我就开始了忘我的劳动。"

他原来只读到小学四年级,在红军中文化提高到七年级,而且学会了会计和一些别的技术。到工厂先当电灯匠,第二年就学会了掌握轧钢机,也就是名叫"布流明"的机器,当了司机。一九三四年在业余工人技术学校毕业,又进社会主义劳动领班训练班学习,以后就一直指挥"布流明",担任轧钢间领班。他的政治和技术不断提高,他的工厂不断发展;斯大林格勒也建设成了个极漂亮的城市,他一家子单独住着一所舒服的房子,和所有的苏联人民一样,为自己创造了美满的幸福的生活。

可是,法西斯破坏了社会主义的幸福。一九四一年,战争起来了。一九四二年八月二十三日,战火烧到了红十月工厂的门前。特洛希尼轻轻地说:"当然,我们并不怕。为了我们的幸福,我们知道怎样回答法西斯!从希特勒进攻的第一天起,我们比任何时候都更紧张地为卫国战争生产钢铁。战争打到我们面前的时候,我们不能做工了,我痛苦地离开了'布流明';可是,我还会做别的,我和所有英勇的工人一道,拿起了枪!"

说完,他带着愤怒的严肃,沉默了很长的一会儿。我想,我们是完全理解他的心情,理解他为什么要说起过去的一切的。我们熟悉自己的命运,熟悉赵桂兰和李顺达,我们和祖国的热烈参加人民志愿军的同胞有着同样的心情;我们也和特洛希尼同样感到愤怒。这种沉默的愤怒，就是和平战胜战争的力量的源泉。

特洛希尼在战争面前，参加了工人志愿歼灭营，歼灭敌人的伞兵，有时并直接进行正规战斗。后来国防委员会命令他们去工厂转移地的西伯利亚，他在那严寒的地带火热地工作了一个时期。一九四三年三月，工厂回到解放了的英雄的土地进行恢复，他更炽热地为军事生产服务。一九四四年"布流明"开始工作，在机器完全破坏的情况下，克服一切困难，为国家生产了许多钢；而到战争结束时，他的"布流明"和整个工厂差不多完全恢复了。就因为这个，当一九四七年工厂建厂五十年的日子，最高苏维埃奖给了全厂列宁勋章；他，特洛希尼也被奖给劳动红旗勋章。而且，第二年，他又第二次得到劳动红旗勋章。

但他并不满足。战后全苏的劳动者都以最高的责任感、以最大的智慧和劳动，创造着新纪录。一九四九年，莫斯科镰刀斧头工厂写信给斯大林，说他们准备把一年的计划提前到十月革命节完成，整个五年计划也要提前完成。特洛希尼从报上看到这个消息，马上就想：苏联的工厂都是一样，我们为什么不能更加提高生产呢？这是一个单纯的然而有决定意义的问题，这个问题使特洛希尼苦恼，但也使他兴奋。不久，一个新的工作方法，就通过他的劳动和智慧，提出来了。

　　他工作的车间是一日三班，一班五个人工作——他和三个司机，另外一个机械师。他们的工作并不坏，生产率常有提高。但是，他把"更加提高"的问题提出以后，就发现了工作当中的缺点，这就是工作进度不平稳，有时急有时慢。比如每一班的任务是要轧出若干钢锭，假定是要轧出两百个吧，那每小时平均就得轧二十多个；可是，往往刚上班的前几小时，平均总只能轧出八、九、十来个，而最后不得不抓紧突击。当然，他们也常有超过任务的时候，但有时却要费很大气力才能完成任务。而任务一完，时间一到，大家早累了，就赶紧休息去了，连机器和车间甚至也不能更好地整理和交代。下一班一上班，先要整理和准备一切，所以开始也是效率慢，也要赶最后突击。这样一班一班地下去，又费力，对机器和工作也自然没多大好处。

　　这就是特洛希尼给自己的问题找到的第一个答案。跟着，他又找到了第二个积极的答案，这就是一个新的工作方法，叫作"斯克沃兹洛依表"，也叫作"按小时工作表"。方法的特点，是要抓住"布流明"的生产规律，定出每班每小时的任务，使工作平稳得像钟表一样，一小时一小时完成定额。方法的进行，要求每一班不仅要做好自己的事，而且下班以前一定要给下一班准备好一切，并很有条理地交代给下一班；下一班一上班，一切早安顿好了，就平平稳稳工作下去，最后同样为再下一班做好准备。大体上说，特洛希尼的新的方法，就是这样平易和简单。

特洛希尼把这个方法跟自己的生产组谈了谈，得到全体的同意和支持。经过行政、党和工会的帮助，他就在一九四九年六月二十日向全厂作了报告。全厂也一致赞成，于是，六月二十二日，他的生产组首先实行新的方法。他差不多没碰到什么大的困难，方法完全科学，而且又省人力又省机器，工作效率更是意外地提高：他这一班从实行新方法到年底，除开完成定额，还超过任务数千吨钢。

不久，新的方法推行到全厂和全市，而且经过苏联政府钢铁工业部的研究，推广到全国各地去；现在全苏冶金工业部门差不多都实行了这个方法，就在别的工业部门甚至农业部门，也有采用的了。他自己更不断改进工作，推广新的经验，还经常写文章、编小册子、接见记者、出去作报告，并参加各种社会工作。他现在担任州苏维埃代表、苏共党的市委委员、区委委员、车间党支委、全苏冶金工业产业工会中央委员、州科学技术普及协会分会委员、全苏冶金工人工程师技师协会工厂支部委员、车间工会委员。此外，他还不断培养着新的后备力量——卫国战争以前，他就培养了许多"布流明"司机，送到乌克兰和乌拉尔等地；一九四三年，他从西伯利亚回来以后,工厂轧钢间的司机只有他一个,现在培养出四十四个,有八个留在本厂,其他都到各地区去了。他培养的大多是青年,他以最大的骄傲赞美着苏联的青年,他说:"青年都像雨后的蘑菇一样,进步快,发展大。我培养出的司机,像有个叫鲁宾柯的,工作上还超过了我呢!"

他兴奋地停了下来,结实的、比四十五岁的年龄要年轻得多的脸上,流露着充满自信的笑容。我们看着他,好像是看见了整个红十月工厂的钢流和热力,看见了整个英雄的斯大林格勒。

时间已经不早了,瓦列里卡早就睡了。我们请特洛希尼休息一下,吃点东西。他不,他站了起来,抖了抖不高不矮的身子,摸了摸匀整的黄黑的头发,又说:

"我还没有完!我在中国贵宾的面前,一会儿比一会儿更加高兴!我现在要站着说下去!"

接着,他告诉我们实行"按小时工作表"的几个条件。他强调这个方法的最宝贵的一点,是必须自下而上地发动,必须使每个工人都自觉掌握劳动纪律,互相配合,以最大的热情注意自己的工作;比如夏天天气热,过去偶尔有个别工人离开机器,出去乘乘凉,现在就再不能那样,因为就是一两分钟的时间,也可能影响机器的动作和新方法的贯彻。其次,新方法必须要全厂实行,要每个车间和各个部门都围绕着"布流明",互相联通,合着拍子,保证按时完成任务,并争取更高的效率。最后,别的与本工厂有关的企业,也得配合,否则,也将影响新方法的计划性。

"如果这些条件全部做到,"特洛希尼好像结论似的说,"那生产量一定提高,定额一定超过,原料一定节省;工人的工资也就会跟着增加,生活自然就更幸福了!"

他列举了一些具体数字,说明着他的结论。末了,又介绍他的家庭生活,来说明一般工人的生活情形。他一家六口,大儿子一九四四年参加红军,现在在列宁格勒多种技术学院学习,二儿子在莫斯科斯大林钢铁学院学习,三儿子在本地十年制的学校念九年级,他爱人和小儿子在家。他每月的工资,因为任务超过得多,经常拿到三千卢布以上。房子是国家供给,他住的四间,共四十平方公尺,一间卧室,一间客厅、书室、休息室和餐厅合用,其他是厨房和卫生设备,水,电、暖气自己全不负担。这样,他的生活非常富裕,单拿客厅的陈设来说:靠左墙是一个可以睡人的沙发,沙发角上是小巧的茶几;窗右边的圆桌上有小钟,墙头挂着怀表,窗左边一大盆青绿的中国玫瑰,窗上一盆黄绿的柠檬;房右角有一个收音机带留声机,房中间有长圆桌和沙发椅子;四面墙上挂了斯大林大画像、古代三骑士油画、风景画、全家各种照片和大长圆镜子;整个屋子通明透亮,各种书籍和各色花纹的台布,更发着美丽的光。他每日一班工作,日夜班一星期一换;社会工作虽多,因为新方法已经比较普及,现在也并不太忙;下班以后,白天带着瓦列里卡到剧院去,晚上出去听课,或者在家看书报、听收音机;每天上下班,还喜欢花上几分钟时间,散步一样地走来走去。他的生活就是这样平静和朴素,这样充满着丰富的和平的幸福。

我们陶醉在这样的幸福里面,我们为他的和全苏人民的幸福的创造者苏联共产党和苏联领导者斯大林举起了酒杯。他满脸是笑,一饮而尽。然后,他再倒满了酒,严肃地说道:

"我相信中国人民很快也一定会跟我们一样地幸福!为了我们更加幸福的生活,为了保卫和平,我举杯祝贺中国共产党和中国人民的领导者毛泽东同志!"

我们怀着忠诚的感激,和他碰了杯。坐下来的时候,他兴味极高地和我们谈开了中国。他赞美着毛主席,赞美着伟大的中国人民和中国人民的创造力,他说,他很注意报纸上关于中国的消息,并且特别喜欢看毛泽东的文章。"我也很喜欢周恩来代表中国政府的发言。"他忽然笑着站起来说,"每一回,我看到周恩来说'我代表四亿七千万中国人民……'我总是高兴得说不出话!中国人民的力量是多么伟大啊!"这时候,有人为了说得更清楚,补充说四亿七千五百万是包括台湾在内的,他赶紧说:"当然包括!台湾是中国人民的领土嘛!我们爱好和平的人民,决不要别人的土地;可是,自己的土地,哪怕一小点,也一定要要,一定不能放松啊!"

他说出了我们每一个人的话。我们激动地互相再三握手,我们把光荣的毛泽东纪念章挂在他们夫妇的胸前。我看到他也同样地激动,他给他睡了的、原打算跟我们说很多话的瓦列里卡,给他的参加学校晚会还没回来的九年级学生,也给他的另外两个儿子,各要了一个毛泽东纪念章。末了,我们准备告别的时候,他开了留声机,留我们听了一张他最爱的音乐片子,然后,夫妇俩都穿上大衣,把我们送出门外好远。时间已近午夜,外面很冷,我们跨上汽车,最后一次和他们告别的时候,特洛希尼不停地挥着手臂,激动地说:

"今天的会见真叫我高兴啊!可惜时间太短,我们还谈得不够。同志们!我希望我也能到中国去!希望我们能够再一次见面!"

汽车开动,我们就这样分别了。不过,我们共同生活在和平的大家庭里,我想我们是可能再见面的。至于我们的谈话,我觉得特洛希尼是谈得很多,给我们的很多;也许我们自己说的少些吧。当我回到北京,翻看旧日的报纸,我发现就在我们和特洛希尼见面的时候,在十一月二十四五号的报上，有着中国人民志愿军胜利的消息，公布了从郝建秀的生产经验总结出的"一九五一年织布法"。我们的祖国也和苏联一样，每一天都有着伟大的进步。我愿意把这些消息，作为一九五一年十一月二十四日晚间谈话的补充，告诉特洛希尼，告诉每一个斯大林格勒人。

　　　　1952年1月2日半夜于北京。

永远年轻的力量

一

我在苏联的那些日子,每天都感受到许多意义深远的东西。其中最使我铭记心头、永远消化不完的,是社会主义的人民的劳动创造的力量。而在这个宝贵的力量里面,苏联的青年放射着他们自己的青春无限的光辉。

社会主义建设的三十四年当中,不知道有多少青年贡献了他们春天一般的活力。在卫国战争里面,出现了数以千百计的卓娅、奥列格和密里席耶夫这样代表着人类尊严的青年。在战后的日子里,那永远光芒四射的斯大林格勒的重建,同样有着无数青年的力量;而且在新的斯大林格勒,还有着一条宽阔的美丽的"列宁共产主义青年团员路",完全是男女共青团员义务劳动修建成的。在斯大林的故乡,在格鲁吉亚共和国的首都梯比利斯城的近旁,有一座漂亮的小山,山上铺着平整的柏油马路,马路一边有许多花园、亭台、树荫和休息娱乐的场所,另一边,靠山崖建筑着长长的石头雕花栏干;扶着栏干往下望,那围绕在夹竹桃和菊花中间的整个梯比利斯,那斯大林曾经读过书的、工作过的、领导过工人运动的学校、工厂和公园旧址,以及这个城市的一切经济和文化建设,都可以看得清清楚楚;对于这个全人类都热爱着的格鲁吉亚的梯比利斯,这座小山有着多么丰富的意义啊!这座山的名字,叫作"列宁共产主义青年团员之鹰",也是社会主义的青年,男女共青团员在一九三五年和一九三六年修建成的。

自然,特别强调突出的例子,强调这些以列宁共产主义青年团员命名的建设,并不能全部说明社会主义的年轻的一代在劳动创造上的整个功劳。苏联青年的青春无限的光芒,已照射到整个苏维埃国土的每一个角落,照射到全世界了。这里,我来叙述一个普通的工厂的情况,我想,从一般的社会主义的工业生产,来看苏联青年的力量怎样贯注到每一个细微的部分,也许是更有意义的。

二

现在，让我们暂时撇开和青年的联系，来看看莫斯科小汽车工厂。

这是一个完全机械化的工厂，专门生产供苏联人民日常使用的三座的小汽车。厂里使用的全部是苏联的原料和技术；除了胶皮轮和车灯，所用的零件都是在厂里制造的。厂址接近莫斯科市郊，从高大的拱形大门里顺着一条精致的柏油马路进去，右边一所约有四五层楼房高的大建筑，就是厂房。厂房长宽各有四五百公尺，除了一小部分是厂里各部门的办公室和俱乐部、车间红角等等，整个大建筑的绝大部分，容纳了工厂几乎全部的车间。汽车生产的整个过程，就是在这个大建筑里面，流水似的顺序完成着。

从厂房中间的大门走进去，第一个车间是零件间，各种金属的原料，整齐地在各自所属的机器附近排砌。这里是旋工，那里是铆工，工人们在各自的车床边工作着，他们绝不会有一秒钟中断自己的劳动，但也并不匆忙或是过分紧张。他们从制造最小的螺丝帽，直到车身和车座，都是一个规律相同的形象，好像是右手拿起原料往车床上一放，左手就马上从车床上取下完成了的零件来，然后再拿再放再取，川流不息地动作着；谁要从较远的距离望过去，简直很难相信那车床前面的人是工作着的工人，甚至会以为那些人不过是在有条有理地、一件一件地数着什么永远数不完的东西。但你不能把这个劳动的画面看成是呆板的枯燥的形象。无论是男工女工，他们一边纹丝不乱地工作着，一边还吹吹口哨，哼哼歌曲，脑袋和身体也合着拍子有节奏地晃动着；他们的劳动，就随着这种情绪，充满愉快的音乐性，充满着乐观主义的气氛和精神。

车间里还有一些运输工人。他们把完成的零件，装上车或装进自动运输器，送到别的车间去。其中有一部分送到第二个车间，这是加温间，像车身车门等等，经过这里的加温，就改变了原来那坯模的形状，变得更加坚固。然后，再转到电镀间，又更加结实更加漂亮地装扮一次；而且，许多零件就在这里被最后完成制作过程。有的并被送到另一个车间，送到小装配间去。在那里，工人们把许多兄弟般血肉相连的零件装配到一道，完成整个小汽车里边的许多完整的部分。在这些车间里面，男女工人的劳动的形象，大体上也和零件间的一样，也是那样地严肃而科学，那样地充满着乐观。

到了发动间，空气显得紧迫了。这是一个很重要的车间。这里的机器都高耸到房顶，整个车间雷雨般地响成一片；如果说，在前面几个车间，对面说话都很难听见，在这里，人们的高声嚷叫简直就根本显不出来。而且，在这个车间走路都得特别小心，脚底下尽是自动运输道路，头顶上还连串着自动运输的钢索；小汽车发动机的坯模，像一个小小的充满劲气的野兽，一个一个距离相等地吊在钢索上，并随着运输机的调拨，慢慢地、速度均匀地不断向前行进，挨着个儿走进巨大的机器里边，去经受严格的考验，然后再挨个儿走出车间。这个车间里的工人，与前面那些形象也并没有太大的不同，不过，这个车间比之前那几个，可有着更大的气魄，使人感受到的，是高度的严肃和紧张。

从这个车间拐一个弯，进到工厂大厂房的最后一个车间，展开的又是与前边更不相同的景象。这里要叫人大吃一惊，然而也叫人愉快地想高声喝彩。这里是大装配间，一辆一辆接近完成的小汽车，沿着上下自动运输路线，均匀地稳步地向前移动，每移动一定的距离，就停留片刻，在停留的时候，那个地点的工人就给汽车里面装配上一部分什么，然后汽车再往前进，到前面的站上再停下，再装配什么；而每个停留站上的工人，只是给每辆路过的汽车装配自己固定的东西。他们各自的分工极其细致而科学，他们的形象和情绪，也正和零件间的工人相同，到了最后的几个停留站，工人们给汽车装配的，已经是车座上的麻织套子，车门上的玻璃，车前车后的灯，和上油上水等等；再往下，在自动运输道路的终点，汽车一到，一个工人开开车门，坐上司机位置，喇叭按响了，一辆新的汽车在厂房的空地上兜上两圈，就通过车间大门，开到厂房前边的柏油马路上去了。

但工厂的出品，并不就是从这里一会儿一辆一会儿一辆开出去的车。车开出去以后，还得经过一道极严格的关口，那就是厂里的最后一个车间：检车间。出了大厂房，沿着柏油马路旁边人行道上整齐的树行往前走，到了马路的尽头，正对着远远的工厂的大门，另有一所大房屋，这就是检车间。从大装配间开出来的汽车，走进这里，还得被无数的工人拆开检验，被无数的铁锤敲打，被无数的办法磨难；如果有哪一个小关通不过，关口的工人就动手修理，修理也不行的，就把车退回大厂房去。当然，退回去的车子差不多是没有的，所有开进来的，尽管千锤百炼，几乎都能够闯过一切检查关口，准备成为正式的成品，再开出去。但从这里往外开的路程也不顺利，司机必须把车门车窗紧紧关住，开动不远，最后还有一关：在车间的一段路上，忽然会窜出来一片喷泉样的水网，水比暴雨还大，从上下左右猛击着汽车。汽车冲过水网，检查一下，如果车身没有半点漏水的毛病，这才是最后胜利，才真正成为工厂出产的小汽车。

三

　　这就是工厂的情况。这在社会主义的建设当中，也许是比较一般的情况吧！但是，这里的高度工业化的情景，是怎样充分地反映了苏联人民劳动创造上的巨大功勋，是怎样激励着我们无穷的勇气啊！

　　而这个工厂的工人，绝大多数都是青年！我们不必说明工人的和青年成员的确实数目，我只肯定地记下工厂副厂长谈话当中宣布的：全厂的工人，差不多有三分之二是列宁共产主义青年团员，有二分之一是青年妇女。但这只是一个一般的工厂，并不是为青年特别建设的。

　　青年和共青团员在这个全部机械化的工厂，明显地起着重要的作用。他们并不因为年轻而影响到技术的熟练。那些在车床前面劳动着的无数年轻的面孔，他们不急不慢的严格而科学的动作，和愉快的乐观的情绪，就是他们技术的高度熟练的说明。他们这个工厂也是年轻的，是在一九四四年建立的；但厂里生产的不少零件，就已经由工人创造了好几种新的更好的样式，而废弃了旧的样式，并且，工厂还获得了集体斯达哈诺夫劳动英雄的称号，这也只能是依靠青年们的技术和创造性劳动，才能达到的成就。工厂里几乎经常进行生产竞赛，在竞赛当中，党、工会和共青团起着坚强的组织和检查的作用；因此，工人中出现的英雄模范很多。我们在厂里碰见一个最好的劳动英雄，我们把光荣的毛泽东纪念章挂在他的衣襟上；他只有二十多岁。另外，在大厂房外面，墙头上悬挂的英雄模范照片多得数不清，其中大都是青年；零件间有二十一个模范，加温间有十四个，这些也差不多全是青年。青年们以他们无限的青春的力量，建设着并且永不停息地发展着自己的工厂，社会主义的年轻的一代，在这里放射着灿烂无比的光芒！

当然，像莫斯科小汽车工厂的事实，绝不是个别的。在巴库油田，在格鲁吉亚运河工程里面，在莫斯科和所有向共产主义前进的各个建设岗位和斗争岗位上，我都亲眼看到青年们的劳动创造，与伟大苏联的一切紧紧地血肉相连。这是全体苏联人民的最可宝贵的力量，是社会主义的青年和共青团员的骄傲和光荣！

四

苏联青年的这种特出的力量，是从哪里来的呢？我感觉到：力量的源泉就是布尔什维克党，就是在党安排下的幸福的生活和美好的前途，就是这一切使苏联人民和苏联青年从心头上产生的极为强烈的爱国主义和国际主义。

我看到苏联的青年，还在自己的儿童时代，就从生活、书本和艺术上，深深接受着关于伟大祖国的教育；在学生时代，更进一步地从课堂上和社会活动上，从博物馆和纪念馆里，体会着祖国人民过去的痛苦，感染着祖先们勤劳勇敢的斗争精神；同时，神圣的和平事业和共产主义的理想，更渗透到他们生活的每一个最细小的角落，牢牢地吸引和鼓励着他们：他们又还有什么奇迹创造不出来啊！

而特别是现实生活的本身，更是他们创造一切奇迹的坚实的基础。我们不妨再看看莫斯科小汽车工厂工人的日常生活。每日工作八小时，下班以后，洗过澡，到餐厅吃过丰富的饭，去俱乐部或车间红角休息一会儿，再回家去。家都在一所能住下一万二千人的大楼宿舍里，宿舍区附设了专门的幼稚园、少年先锋营和学校，还有大理石建筑的诊疗所，里边内外各科、技术、设备都很齐全；在一定的时期，工人们还可以轮流着上专门的疗养区去休息。特别是工人还自觉地通过学习来提高自己的政治和技术，工厂里的党、工会和共青团，按照一定的计划，从不间断地领导着大家的政治时事学习，并且成立了许多马克思主义理论学习小组，工人们不仅踊跃参加，而且还有如饥如渴般地参加好几个学习小组的；就在厂里的俱乐部和车间红角，也经常围绕着新的政治时事事件，布置各种报刊、书籍和漫画材料，图书馆的书更应有尽有，甚至在紧张的车间，也到处张挂着关于时事政治的标语和宣传画；工人们在厂里工作着，实际就是在苏联的整个最先进的政治环境下边工作着。另外，厂里还有两千五百个年轻的工人，在一边劳动，一边上工人夜校或在中等技术学校读书。工人工资都在一两千卢布左右，而他们厂里生产的小汽车，一辆才卖九千卢布；在国家商店销路很好，经常有三百人登记着等着购买，本厂的工人也就有购买自己制造的汽车，供自己日用的。自然，这也还只是普通的生活，然而，可已经够多么幸福啊！

我们再看看一对年轻夫妇的家庭吧：他俩都是莫斯科小汽车工厂的职工，男的叫拉扎耶夫，是个熟练工人，女的当会计；男的还在工人夜校十年级学习，女的也在工厂里技术学校读书。两口子都只二十多岁。去年十一月二十一日，我们访问这个美满家庭的时候，拉扎耶夫刚从疗养区休息回来，现在除开做工和学习，还正在读《联共（布）党史简明教程》，并参加了"联共（布）党史"学习小组。他也常看文艺作品，过去看过《钢铁是怎样炼成的》等小说，前不久又看了《布罗斯基》，最近买回了一本赵树理的《登记》俄译本，正准备看。他每月工资一千五百个卢布，他爱人八百五十个，而每月住房只付三十七个卢布，全家每天吃饭也只花三十五个卢布。他们住的一间房，面积十二平方公尺，布置得极其讲究，床、桌和沙发是一色新，被褥是花纹的艺术品，四面墙上挂着美术挂毯，一大幅普希金朗诵诗的油画嵌在床头。在我们访问的头一天，他们夫妇去看了电影《大音乐会》，再过一天，又准备去看芭蕾舞，票也已经买好了。他们的生活就是这样的幸福，而且将一天更比一天幸福。

是的，全苏联的人民和青年，都如同这个工厂的工人，如同拉扎耶夫一样，高度的觉悟，幸福的生活，和更加美好的前途的理想，使他们在和平事业和向共产主义前进的建设当中，充满着永远用不完的、永远年轻的力量，使他们的青春永远是无限的美丽，永远闪耀着灿烂的光辉。

我亲眼看到和亲身感受到了这一切，我深深地被爱国主义的澎湃的情绪激励着。社会主义的人民和青年，对我们并不是陌生的啊！他们的一切就是我们的明天，他们的一切，正在我们走着的道路的前边，向我们招手呢！我们有共产党和毛主席，有长远的光辉的历史；我们祖国的每一样东西都可爱，我们如今也已经生活在幸福当中，也出现了成千上万的英雄人物；而且，我们还有苏联的帮助，我所见到的每一个苏联人，都是以最大的热情和最高的友谊，真诚地对待我们。青年朋友们！我们什么条件都具备，让我们在劳动创造上，在一切岗位上，学习苏联青年的榜样，也发射出我们无穷无尽的光芒吧！让我们每一个都像朝鲜战场上的志愿军英雄，都像郝建秀和赵国有一样吧！我们明天的胜利，一定会来得更快的！

      1952年1月29日于北京。

莫斯科大学的新校舍

提起莫斯科大学的新校舍，就像提起列宁伏尔加河－顿河通航运河那样，使苏联人民感到最大的幸福和骄傲。这的确是值得夸耀的建筑！中央的大楼有二百四十公尺高，楼顶上又有五十二公尺高的尖塔，尖塔上装饰着一颗明亮的红五角星。在莫斯科市内，抬起头来往西南望，就会看见这个校舍的尖塔，尖塔上的红星就像挂在半天空一样。每到夜晚，那颗红星照射着莫斯科全市，象征着苏维埃的文化照亮了全球！

去年冬天，我去参观了莫斯科大学的新校舍。这个建筑物在莫斯科西南区的一座小山——列宁山上面。三年以前，西南区还是一个国营蔬菜果木农庄，面积一百七十公顷；为了建筑新校舍，居民都自愿迁移了。自然，新校舍用不了这么大的地方，还有很多别的建筑和城市公园要在这里修建起来。这个一百七十公顷的农庄，正在变成未来莫斯科的新西南区。

苏联的工人站在伟大建设的最前面，建筑工人和工人家属，一共有三万人参加了莫斯科大学新校舍的建筑工程。他们先盖起了自己的住宅，装好了自来水、电和煤气等设备，建筑了他们自己的幼稚园、十年制学校、工人夜校、诊疗所、电影院、报社、俱乐部、商店和食堂。工人们有优先权进自己盖起的大学学习；一九五〇年，有四十五个建筑工人在业余时间读完了十年制的学校，进了莫斯科大学。

建筑工人们建筑着真正属于自己的学校，建筑着自己未来的理想。他们和工程师一道，为这个校舍盖着三十多座楼房。中央的大楼体积为一百一十五万立方公尺，一共三十五层。下面的二十六层：从大理石圆柱中间的大门走进去，是容纳一千五百人的会议大厅；此外是可以容纳一万多学生的一百二十五个教室和几百个实验室；可以藏书一百二十万册的图书馆；还有饭厅、游泳池、剧场等。从第二十七层到三十二层，全部是博物馆。再往上就是尖塔和红星。

在中央大楼的两边，各有几座十八层的和九层的楼房，那是学生的宿舍，一人一间，每间四平方公尺，研究员的稍大一些；每两间共用一个浴室和盥洗室。东西两边的角上的十二层楼，是教授的宿舍。每个教授根据他家属的多少，可以占用三间四间或五间房间。不论学生的或教授的，房间里光线都很充足，家具都很齐备，每间都装好了收音机。

物理系和化学系的大楼，在中央大楼的后面，两个系各占二十六万二千立方公尺的体积。两个系都有很好的实验室。生物系有一个规模很大的实验馆和生物园。在这个生物园里，可以看到苏联各地所有的生物，寒带和热带的生物，冬天和夏天的生物。

围绕这些大楼，还有行政人员住宅，气象台，花园，还有生活上需要的一切设备。全部楼房共有一百零八座电梯，中央大楼就有六十六座。这座新校舍并不包括整个的莫斯科大学，还有一些院系要留在原来的校舍里；自然，原来的校舍也是很好的建筑，也是宫殿一样的楼房。

为了这个巨大的工程，苏联的政府用了怎样的力量和技术啊！为了运送材料，除了原有的公路，还特地修了一条四十公里长的铁路，每天有二百辆车皮和一千辆汽车，担任着运输任务。施工也尽量用机械代替人工。他们使用的十五吨的起重机，是全苏联、也是全世界的首创。冬天地上积着很厚的雪，但这里仍然在火热地工作着，他们打破了资本主义国家的、在严寒中不能建筑的规则。从一九四九年二月开工，到去年年底，中央大楼、宿舍和物理系化学系就完成了；全部工程，今年已经完工。

站在列宁山上的雪堆中间，我们听着满身热汗的工人们的歌声，看着起重机升到那仰起脖子都看不清楚的半天空，就体会到社会主义的无限的创造力量，体会到苏联大学生的无限美好的生活和前途。

我们一边看，一边不住口地赞美，陪我们参观的工程管理处的同志再三地向我们说：一切的幸福应当归功于苏联共产党，归功于斯大林和苏联人民。现在，当我向我们国家的同学们介绍莫斯科大学的时候，我也不由得不想起我们中国人民幸福的创造者——我们的人民，我们的共产党和毛主席。

我们祖国正开始了大规模的经济建设。在毛主席的英明领导下，在苏联先进技术的帮助下，像莫斯科大学这样伟大的文化宫殿，将来也会在新中国出现的。

1952年7月6日于北京。

我看见了苏联的红领巾

我看见了苏联的红领巾,看见了世界上最幸福的少年儿童。

我们谁都喜欢少年儿童,喜欢毛泽东时代的我们祖国的红领巾。正因为这样,每当我见到苏联的红领巾,我心里总是有说不出的高兴;我们谁也不懂谁的话,可是我总舍不得离开他们。因为他们生活在世界上第一等的幸福社会里面。他们给我们祖国的红领巾创造了更好的榜样和指出了更加美丽的前途。我看见了他们,看见了幸福,看见了我们祖国明天的少年儿童。

他们到底是怎样的幸福呢?他们吃得好么?是的,他们都长得很胖。他们穿得好么?是的,他们每一个都打扮得很漂亮。他们也玩得最痛快，划船、滑冰、逛公园，什么都行。的确，这都是他们的幸福；可是，这还不是他们最幸福的东西。他们最幸福的东西，是在世界上别的地方找不着的。

那么，他们最幸福的，到底是什么呢？这实在是很难回答的事情！我只能冒一次险，说一点试试看。

我说说我们参观列宁格勒少年先锋宫的故事吧。

列宁格勒是一座很漂亮的城市。那里的少年先锋宫，更是一座最漂亮的大楼。我们是冬天的晚上去的，一走进去，只见电灯照得比太阳还晃眼，暖气烧得谁也穿不住大衣。走廊上，少年儿童的塑像和油画，多得你数也数不过来；那佩着三把火的徽章的红领巾，更是多得厉害！他们见了我们中国人，都跑来跟我们打招呼，给我们敬礼，包围着我们，对着我们笑。我们真好比是走进了春天的花丛里面。但红领巾们都很忙，只过了那么一小会儿，他们就跟我们道别：有的快跑着干什么去了；有的走到走廊边上，研究着墙上那些油画，讨论着那塑得跟他们一般高一般大的男女儿童的塑像。这些画跟像也真是好看，最好的要数那雕塑的少年先锋队员，身上发着光，脸上笑着，好像要跟我们说话。我们不觉也跑到一边看起来。可是少年先锋宫的副主任和两个红领巾向导不让我们看，要我们参观别的地方去。我们真舍不得走,也只好跟着走。

我们可怎么也跟不上向导同志!那每一层楼和每一条走廊,好看的东西实在太多了!你就看那墙吧:有绿石头的,有紫石头的;砖地是朱红的、白的和黑的;楼梯也有各种花纹和颜色。这一些都比宝石还美,比碧玉还亮,我们不由得放轻了脚步,还凑到墙跟前,细细地看一阵,使手轻轻地摸一摸。我们心跳得都想欢呼叫好,可是,旁边的红领巾都在安静地做事,我们又不敢随便乱叫;我们真是高兴得喘不过气来。

少年先锋宫的副主任告诉我们:这座楼房,是在一七五一年,由俄国有名的艺术家设计,建筑给当时沙皇的家属住的。一九三五年,苏联共产党的领袖之一日丹诺夫同志,建议把这里改成少年先锋宫;于是,就由日丹诺夫同志亲自担任筹备委员会主任,组织了二百八十八个各种工厂的工程师和工人设计和改造,建筑了两年,在一九三七年二月十二日正式成立。以后就天天开放,在卫国战争时期,在德国法西斯包围了这个城市的时候,也没有停止活动。一九四八年,这里正式命名叫"日丹诺夫少年先锋宫"。这里真可以说是全苏联人民给少年儿童建筑的天堂。我们原来也真是走进了全世界少年儿童的首都,走进了红领巾的王国呢!

红领巾向导把我们领到一条静静的走廊上,悄悄地推开一扇房门。这是什么地方呢？屋子里简直没有一点声音！我们走了进去，嗨呀！总有二百个红领巾，围着一排排的长桌，挤得密密地坐着，对面的两个互相结成一组，在一组一组地下棋。他们都很紧张，都只抬起笑脸望了我们一眼，又赶快不声不响一心一意地看着棋子去了。这屋子里还有几个大人，他们是下棋组的教员，他们也都在跟儿童们下棋，还有一个正跟一个八九岁的女孩下着。我们问那个女孩："你下得好么？"她羞答答地笑着，对我们摇摇头。少年先锋宫的副主任可说："别看她小，她也赢过棋呢！"又说："他们学得都很用功，现在莫斯科下棋比赛的第一名，就是从这里学起的！"是啊！你看这些可爱的红领巾，他们都那样用心地计划着自己的棋，紧张地掌握着每一个棋子；他们那样地安静，可是，谁要走了一着巧妙的棋子，说不定又会有人突然地大声欢呼。他们是在这里游戏，也是在这里学习，在这里锻炼思想。这一些，不正是他们最幸福的地方么？

这个下棋室属于少年先锋宫的体育部。少年先锋宫一共有六个部，就是群众政治工作部、科学部、技术部、艺术教育部、体育部和少先工作方法部。每个部还有许多小组，体育部就有打球、游泳、滑冰等十六个小组。因为天晚了，我们没去别的小组，就跟着向导，走进了科学部。

我们先看科学普及组。我们和红领巾一道看了很多新奇的科学玩具，就走进黑得什么也看不见的天文室，看地球和行星的转动，看太阳和月亮上边的情形。跟着，我们又到地理室；到改造自然计划的幻灯室；到矿物室和少年儿童自己建设的地质博物馆。最后，在少年米丘林室里，我们看见了春天和夏天；看见了绿色的植物和红的、蓝的花朵；看见水池里养着的青蛙。我们好像不是在参观，而是在全世界旅行！我们碰见的红领巾，他们有的埋头在书本、图表和标本上学习；有的站在模型旁边，跟大人一样，深沉地思考着什么，他们的眼珠微微翻起，谁也不看，呆呆地直望着墙头；其实，他们也不是望着墙头，是望着他们前途的理想呢！

我们还参观了艺术教育部，看了戏剧小组和创作小组，看了黄色花纹的大理石建筑的音乐厅，看了明光闪亮的剧场、故事室和游戏室；看了大客厅和群众政治工作部的讲演厅，看了有八万册书的图书馆，并且在舞蹈室里和红领巾们一道跳了一会儿舞。最后我们去参观技术部。

技术部里都是工厂，有木工厂，有机器制造厂，有手工织物厂和纸工室，有电影放映室和原子能的模型。在汽车实验室里，红领巾正学着开汽车。在铁道运输室，准备去列宁格勒儿童铁道上服务的少年，正研究着交通规则。还有一个造船间，放着一艘"基洛夫巡洋舰模型"，这是一只用电气管理的船，水上水下都能活动，这只船每年参加全市的少年技术比赛，得了好几回第一名。另外还有很多穿着工服的红领巾正在造船，他们指着基洛夫号对我们说："我们准备造一艘更好的船，超过这一艘船！"我们真是浑身高兴。我忽然想起了我们祖国的工业建设，真想留在这里学一点技术。这时候，给我们讲解的教员说："同志们！如果你们愿意，你们可以留下，我们的孩子很欢迎客人。但是必须有两个条件：要努力工作，要品性好！"他的话说得我们都笑起来。但我们也认识了这里工作的严肃，这也就是红领巾们的真正的幸福！

少年先锋宫的副主任告诉我们：这里的确是严格的。想要到这里来活动的，必须经过学校校长、少年先锋队、共青团和家长的同意。参加体育部的，还得经过医生的批准。现在有一万六千多个红领巾参加，每一天有四五千人在课外时间来活动。他们在各个部里还按程度分班，每一班一星期上两次课，每次两个钟头，有一百八十七个教员负责教育。另外，很多著名的作家、艺术家和科学家，还经常来跟他们谈话。这里的每一个红领巾成绩都很好，也都真正是少年先锋。

可惜我们没有把这里看完！不过，就只看这一点点，我觉着是已经看见了苏联少年儿童的最幸福的东西了。你看，这里的红领巾玩得多么痛快！学习得多么努力！研究得多么有意思！他们创造出来那么多东西，又是多么高兴！他们经过这里的活动和学校的教育，长大了以后，一定都会成为英雄模范，成为共产主义的最好的人！

是不是只有这个少年先锋宫里的红领巾，才是最幸福的呢？不！在莫斯科，在苏联的很多别的地方，还有很多少年先锋宫，那些地方的红领巾也都是一样的幸福。再说，红领巾们也不光在少年先锋宫里是幸福的，在每一个地方也都是幸福的。好比在莫斯科的二〇一女子学校，那是苏联英雄卓娅读书的学校，那里一共有一千六百二十四个学生，里边有一千零二十四个少年先锋队员。她们天天和卓娅一样地学习，并且时时刻刻向卓娅学习。莫斯科还有一个儿童书屋，里边有八万本给红领巾看的书，也有图画和玩具。儿童书屋还每天给儿童介绍最好的书，回答儿童们提出的各种疑问。我们在苏联参观了几十个博物馆，每个博物馆都有着世界上最好的东西；每一回我们也总碰见一队队的红领巾，跟着他们的辅导员，在博物馆里学习。我们还看了傀儡戏和儿童戏，碰见了看戏的红领巾，也碰见了专门给儿童写戏、写诗的儿童文学作家们。苏联的红领巾样样都幸福，他们最幸福的东西，怎么说也说不完！

苏联的红领巾，还都挺关心我们中国，关心我们的少年儿童。不知道有多少红领巾，向我们要毛主席纪念章，叫我们给他们写中文的"和平"两个字。在一个叫基洛瓦巴特的小城市里，我们碰见一群红领巾，他们要我们在那里住一个月，给他们说一个月中国的事情。卓娅女子学校的红领巾代表，欢迎我们的时候说道："亲爱的客人！我们苏联的儿童，为了和平和共产主义建设，现在都在学习着。我们知道新中国的少年儿童，今天也都在毛泽东主席的领导下，和我们一样地学习着，并且还帮助朝鲜的儿童进行斗争。我们不喜欢战争，我们的卓娅为了和平，为了儿童，献出了她年轻的生命！我们都要学习卓娅，保卫和平！我们和中国孩子的面前，都有着一个最美丽的将来！我向中国的少年儿童致敬！斯大林毛泽东万岁！"他们那样地关心世界和平，关心我们中国，希望我们的少年儿童能够很快跟他们一样。他们知道那么多的事，这也是他们最大的幸福呢！

祖国的少年儿童们！新中国的红领巾们！苏联的红领巾是那样地幸福，可是我们也是幸福的啊！为了我们更大的幸福，让我们学习苏联红领巾的榜样，为世界和平和祖国的建设更加努力吧！我们一定要把今天建设得比昨天好，把明天建设得比今天更好！我们有共产党和毛主席的领导，我们一定会很快像苏联一样幸福，像苏联红领巾一样幸福的！

1952 年 3 月 26 日于北京。

写在后面的话

这是一个散文集子。在编选这个集子的时候,零星地想起了一点有关散文的事情。

散文,对于一个从事文学劳动的人,这是一片多么宽阔的可耕之地,是一个能够多么充分地容许目光四射和飞腾驰骋的广大空间!古往今来的文学家,给我们留下了怎样丰富壮丽的散文财宝,给我们树立了怎样光辉夺目的散文方面的榜样!仅拿我们自己的国度来说,只要举出司马迁和韩、柳、欧、苏,就够使我们感奋和激动不止,就够使我们感到,我们每一个人即使是花上一辈子的精力,也无法全部汲取他们遗留下的精华。至于我们新文学的导师鲁迅先生,哪怕把他那典范的、也可以属于散文范畴的小说创作除开,他那关于故乡和儿时的优美的记事，他那纪念刘和珍和纪念柔石等革命烈士的感人肺腑的散文，特别是他那波澜壮阔的战斗的杂感，更都同样是我们人民的永远的养料；我们随便翻开他的全集的任何一页，马上就会感到自己的力量更大，感到自己生活的境界更高。此外，我还想起瞿秋白的政论，想起闻一多先生牺牲以前的战斗呼号一般的散文，甚至也想起朱自清先生的《背影》。而现在还在亲自教导我们的郭沫若和茅盾，他们也都是散文大家……我想起这些，真是抑制不住地想要喊出"读万卷书，行万里路"；并且急迫地感觉到，要尽力为我们社会主义建设和改造的事业，更多地制造几个螺丝钉。

　　我想起的还不只是这些。我还不无难过地想到另一种情况，这就是目前我们的散文并不发达。而目前我们生活的时代，却正是历史上任何文学家没有经见和享受过的万紫千红的美好的时代。我们每时每刻不只是生活在百花齐放的园林里，而且是工作在万花争妍的土壤中。不论是白天是黑夜，我们从事文学劳动的人——应该站在时代尖端的人，难道从人民的创造中体会和感触到的东西，不应该是多得数不过来么？而充分运用散文的广大空间，随时记录下我们应该拥有的大大小小的体会和感触，难道不正是人民迫切要求于我们的么？但是，为什么情况竟然不是这样的呢？我并不否认散文这种体裁目前已经受到我们许多同行的注意，比如提倡特写的风气就已经部分地在我们队伍里形成；不过，提倡并不等于认真的重视，更不等于最好的实践。目前的散文仍然只能说是并不发达。不重视散文这种美丽的同时又是战斗的体裁，甚至像某些人承认的脑子简直变成了柚子皮那样，因而不能习惯地与敏感地从生活中随时抓取各种大大小小的发着闪光的印迹，并以高度的责任感经常写出一些为人民迫切需要而又形式多样的散文作品，这仍然是我们重大的弱点之一。我们是多么期望着目前已经引起部分注意的特写体裁，能够从实践中出现繁荣茂盛的成果啊！

要改变这种情况，就不能不联系到我们每一个拿笔的人。而当把问题具体联系到自己的时候，我不禁要汗流浃背。我完全不能算是一个散文的重视者和实践者。这一本总共二十多篇文章的单薄的集子，就几乎包括了全国解放以来七年当中我写的绝大部分散文；如果加上编选在内的一九四六年前后所写的四篇，更几乎包括了我最近十年的绝大部分散文作品。假若再往前回忆一下，抗日战争时期我写的那些丢失了的散文，恐怕比这本集子的篇幅还要小。而问题并不在这里所说的数量稀少，问题在于这个集子中尽管也分成了第一，特写、报道，第二，杂文、政论，第三，访苏游记等三个部分，因而也可以说包括了体裁多样的各种文章；但是内容却很不精彩。问题还在于这些文章大多又是被报刊编辑部"逼"着写出来的；甚至在访问苏联以后，我已经计划好的要写一本游记的打算，也终于没有实现。这种种说来不妙的情况，难道有什么必要推到客观原因上去么？我不能不承认自己的确是不重视散文这种美丽的战斗的体裁，的确是没能更好地站在时代的尖端，并以高度的党性，及时地为人民记录和倾吐出一些生活中动人心魄的呼唤。应该说，这是同我认识上的局限性，特别是同我的思想和生活的不够广阔，同我整个修养上的不够分不开的。

既然这本集子是如此单薄，我却终于不无厚颜地编了出来，这原因，一方面自然是想保存下我曾经在这里面记录了和倾吐了的一点点生活的痕迹；更重要的，倒不如说是为了督促自己——更好地面对生活，让自己时刻处在生活的燃烧中，培养自己目光四射的能力，努力学习先辈们的传统，切实记取人民的要求，锻炼着以最能迅速反映时代脉搏的多样的散文形式，更多地描绘那决不容许我们埋没的生活中无穷无尽的火花。我希望自己编选这个集子的意图能够实现。我从集子中选择了一篇文章的题目《在更高的路程上》作为这本书的名字，也是想要多少表现一点我的这个意图。

　　　　　　　　　　1956年5月30日于北京。